XAVIER AUBRYET

MADAME
V^{VE} LUTÈCE

PARIS

LACHAUD ET BURDIN, ÉDITEURS

4, PLACE DU THÉATRE-FRANÇAIS, 4

MADAME

VEUVE LUTÈCE

XAVIER AUBRYET

Madame

Veuve LUTÈCE

PARIS

LACHAUD et BURDIN, ÉDITEURS

4, PLACE DU THÉATRE-FRANÇAIS, 4

AVANT-PROPOS

Il y a dans l'année cinquante jours où la capitale de la France ne peut plus s'appeler Paris, car elle n'est plus que Madame veuve Lutèce : *son légitime époux, le public élégant, l'a tellement abandonnée, les rues sont si désertes, les hôtels si strictement fermés, les mobiliers si religieusement enveloppés du linceul de leurs housses ; il règne dans ce chef-lieu du bruit un si complet silence qu'on entendrait voler les mouches où grondaient les voitures de luxe.*

Parfois, on découvre çà et là, à quelque étage du boulevard Malesherbes, une fenêtre ouverte : c'est un émigrant honteux qui a quitté Villers ou Trouville (car l'Océan, l'été, compte moins de poissons que de baigneurs), pour venir en cachette se retremper quelques heures dans l'air natal ; il occupe discrètement la plus petite pièce de l'appartement; on peut croire que les gardiens de la maison ont voulu seulement donner un peu d'air, et le touriste transfuge qui entend ne pas troubler la clôture solennelle du grand salon ou de la chambre à coucher, se contente de ce réduit dont on ne fait rien pendant la vraie saison de Paris; cela le repose d'ailleurs de l'apparat.

Nous venons réclamer pour le domicile de l'esprit, le privilège dont jouit l'immeuble ordinaire ; ce petit livre représente dans notre appartement intellectuel la pièce familière, le compartiment d'occasion ; nous avons reçu assez souvent le lecteur dans la pièce d'honneur, pour qu'il nous permette, entre deux villégiatures, de causer avec lui dans ce lieu de passage.

Nous mettons donc ces pages légères sous la protection de ceux à qui il ne déplaît pas de camper, lorsqu'ils ont à côté d'eux toutes les ressources de l'installation. Il n'y a qu'une chose qui guérisse les sybarites de la souffrance due à un pli de rose, c'est de rencontrer les épines de la privation : un petit lit de fer bien dur fait souvent mieux savourer le moelleux d'un lit de six pieds. Tout en haut de son hôtel somptueux, Rachel allait chercher dans une cellule qui ressemblait à une mansarde les délices de l'austérité.

L'auteur de **Madame veuve Lutèce** est bien loin

d'être un des millionnaires de la production ; mais de même qu'on a quelques fenêtres sur la rue, il a plusieurs livres qui s'ouvrent sur les idées sérieuses ; on lui pardonnera d'avoir un moment délaissé le cabinet d'études pour le fumoir ; après tout, la poussière des plus majestueux bouquins n'est-elle pas quelquefois plus frivole que la cendre d'une cigarette ?

Xavier AUBRYET.

Paris, décembre 1873.

MADAME VEUVE LUTÈCE

LE COUVENT DE SAINTE-THALIE

I

Il est bien entendu que, depuis Pharamond, notre gracieux premier souverain, nous n'avons pas cessé de devenir les *Français de la décadence*. Les jeunes censeurs qui se font maintenant une position régulière avec le pessimisme (car on enregistre avec tant de régularité les *signes du temps*, que c'est une façon *d'entrer dans l'enregistrement*), les jeunes censeurs, dis-je, signalent aujourd'hui avec bien plus d'ensemble qu'autrefois le relâchement général des mœurs.

Comment ces baromètres de la moralité publique, si ingénieux à s'établir toujours au laid fixe, ne tiennent-ils pas compte de ces échappées d'azur qui, du côté le plus inattendu, se produisent dans le ciel chargé des consciences ? M'en voudront-ils beaucoup si je les dérange dans leur indignation pour leur dénoncer de consolants spectacles ; qu'ils daignent se tourner vers le monde dramatique, et, je ne rougis pas de le déclarer, les vertus de la Scène les indemniseront des vices de la Ville : il n'y avait jadis que l'Eglise qui ramenât efficacement au bercail les brebis égarées; depuis quelques années, c'est le Théâtre qui fait les conversions les plus inespérées!

Jusqu'à nos jours, pour prendre une date élastique, la carrière dramatique ne s'embrassait qu'après une vocation sérieusement étudiée dès l'enfance; on se succédait de mère en fille sur les planches; c'est ainsi qu'il y avait la célèbre dynastie des Brohan; on se rappelle Mlle Mars, jouant sur les genoux de Mlle Contat; Mlle Plessy jouait de même sur les genoux de Mlle Mars; les *traditions* enveloppaient déjà le berceau; l'établissement national de la rue Bergère continue toujours à envoyer quelques recrues à la Comédie en souffrance, mais, sachons le reconnaître, le vrai Conservatoire, à présent, c'est le grand 16 du café Anglais.

Vous les avez vues, pendant plusieurs saisons, affronter brillamment les tourbillons de la vie parisienne, ces belles *impures* (comme on aurait dit au XVIIIe siècle), qui font l'affliction de nos foyers; elles étaient de toutes les fêtes, elles tenaient tête à toutes les folies; les écrevisses bordelaises n'avaient plus de secrets pour elles; les joies de la terre les attendaient humblement à chaque pas qu'elles daignaient faire; les diamants qui leur étaient destinés se sentaient presque la peur d'être trop petits; les primeurs tremblaient d'être en retard; la première

fraise et le dernier sourire étaient pour elles ; l'é-
tranger et les nationaux se disputaient à prix d'or
le plus distrait de leurs regards ; l'univers se précipitait à leurs pieds qui jadis avaient chaussé tant de
bottines percées.

Chacune de leurs journées était un rêve de splendeur et d'enivrement ; les gens qui remontent aux
croisades leur disaient d'une voix candide : « Peut-
« être ne suis-je pas d'une assez vieille famille pour
« toi ? » Les présidents de républiques leur propo-
saient d'abdiquer ; elles avaient le pas sur les grandes
dames aux premières représentations, aux courses,
partout, et des Tartares venus tout exprès du fond
de l'Asie leur offraient des mines d'aluminium, rien
que pour les contempler à trois heures du matin,
buvant du curaçao bleu dans un cabinet à la fois
collectif et particulier.

Tout d'un coup, elles s'arrachent à ces enchante-
ments, à ces délices ; elles quittent leurs déshabillés
de quinze mille francs pièce pour revêtir de petites
robes de laine à cinquante-cinq sous le mètre ; elles
renvoient leurs coureurs et leurs cochers ; elles se
renferment chez elles et déclarent qu'elles n'y sont
plus pour personne ; si, avec des protections infinies,
un prince parvient à franchir le seuil de cette profonde retraite, une sorte de tourière lui dit :

— Madame est dans son oratoire.

Le prince très-intrigué se signe et pénètre dans
une pièce drapée d'étoffe noire à larmes d'argent, où
règne un jour de demi-deuil ; la fringante Pizzica-

tine reçoit le noble visiteur d'un air détaché du monde, et pose sur un prie-dieu un petit livre relié comme un paroissien.

Au premier abord, le prince ne se rend pas bien compte d'un pareil revirement :

— Que dites-vous donc là, chère amie, les *Heures de Rocambole ?*

— Ah ! prince, que c'est beau ! Racine, que c'est grand ! que c'est pur ! répond Pizzicatine, se levant d'un air inspiré ; quand on pense qu'il naquit à la Ferté-Milon !

— Loin de moi l'idée d'attaquer nos classiques, reprend le prince d'un ton conciliant, je venais seulement vous chercher pour aller à Chantilly.

— Je joue demain soir *Iphigénie* à la salle de la Tour-d'Auvergne, prince, j'appartiens toute à mon art.

— Puisqu'il en est ainsi, je vous quitte, Madame,
Porter ailleurs mes soins et présenter ma flamme.

II

Au fond, Pizzicatine n'est pas le type préféré du prince ; son idéal, c'est la fausse Moscovite Impéria qui donnerait volontiers le knout à ses gens ; Impéria habite un splendide hôtel dans l'avenue des Traîtres.

Le prince, qui a conservé la clef du jardin, s'introduit dans l'immeuble, malgré la résistance du gardien qui a proféré ces paroles remarquables :

— « Madame n'y est plus pour personne ! »

Le prince parcourt les appartements qui ont été tendus de satin par le plus cher des tapissiers; Impéria n'est nulle part.

Il arrive au second étage; une camériste tout en noir lui fait un signe qui veut dire : *Plus haut encore !*

Le prince monte toujours; il entend une voix bien connue résonner derrière une muraille mince; il s'arrête, tourne une clef et se trouve dans une mansarde où il découvre Impéria déclamant *Rodogune*.

Pour tout mobilier, deux chaises de paille, une table de bois blanc, et un lit de fer de soixante-dix centimètres de longueur.

— Qu'est-ce que vous faites donc ici Impéria ?

— Je suis comme Rachel, mon cher, je ne veux plus occuper qu'une cellule; mon luxe m'est devenu insupportable.

— C'est au mieux; vous allez le fuir complétement : je viens vous chercher pour vous emmener à Monaco.

— Prince, réplique Impéria, je ne suis plus la *mauvaise* que vous avez connue; je renonce aux pompes et aux œuvres de Satan.

— Vous entrez en religion ?

— Je ne prétends plus être qu'à Melpomène et à Ballande, prince; voyez-vous, ce n'était pas une vie, cette partie de plaisir perpétuelle; si vous saviez combien ces soupers me laissaient de vide !...

— Vous avez un si formidable appétit !..

— Ne jouons pas sur les mots, prince; je suis sérieuse comme la tombe : considérez-moi comme morte au demi-monde.

— Alors vous congédiez vos amants ?

— Je ne garde que mon Hollandais, il ne vient qu'une fois par an à Paris, et je ne suis pour lui qu'une fille, c'est un père, ce n'est pas un banquier; je ne peux pas lui enlever cette illusion, il m'appelle sa *dernière tulipe.*

— Orageuse ?

— Prince, vous ne respectez rien; mais je vous rendrai le bien pour le mal, je vibrerai pour vous !

III

Un des anciens acteurs les plus distingués de la Comédie-Française était Damas, que les vrais amateurs n'ont pas oublié; son nom va me servir pour compléter une comparaison.

Beaucoup de ces petites dames du lac : cocottes sur le retour, premiers prix de vétérans chez Cellarius, sauteuses de banque à Hombourg, détourneuses de mineurs, se trouvent maintenant, à un certain moment de leur existence panachée, frappées d'une vision sur le *chemin de Damas.* La galanterie leur fait horreur, et le théâtre les attire.

Elles qui étaient si orgueilleuses et si oisives, elles se font humbles et laborieuses pour essayer le rachat de leurs péchés.

Les moins mûres et les plus vulgaires cèdent encore parfois au plaisir d'éblouir les choristes en faisant atteler à la Daumont pour se rendre aux Folies-Marigny où les attend une figuration.

Mais les plus huppées et les plus intelligentes mettent une sorte de coquetterie envers Dieu à se rendre à pied au théâtre par les temps les plus affreux ; on les aperçoit, mises comme une petite mercière et portant une brochure graisseuse sous le bras ; elles vont aux répétitions avec plus d'amour qu'elles n'allaient au premier rendez-vous ; elles se couchent à dix heures, elles qui passaient toutes les nuits ; leurs professeurs leur imposent des séances de deux heures uniquement consacrées à répéter : *Te de, te de, te de,* et elles exécutent cet exercice avec une patience d'ange qui tirerait des larmes des yeux d'un escompteur.

Il faut voir avec quelle douceur elles répondent au second régisseur, elles qui traitaient de si haut les têtes couronnées. Les domestiques ne les reconnaissent pas depuis cette prise de rideau ; l'une d'elles disait dernièrement à son cocher, qui lui avait volé un sac d'avoine :

— Mon ami, je voudrais vous tendre l'autre sac ; je ne tiens plus aux biens de la terre.

Quand elles rencontrent, chemin faisant, une *Augustine* ou une *Dominicaine,* elles ont des regards contrits qui signifient : je suis aussi une *sœur,* — la *petite sœur* des riches.

Si bien qu'un laïque altéré, grand défonceur de l'Eglise, écrivait dernièrement à un de ses amis des Basses-Alpes :

« Le cléricalisme n'a pas dit son dernier mot ;

« voilà la France qui se couvre de cloîtres, comme
« au moyen âge ; nous avons maintenant le *couvent*
« *de Sainte-Thalie*, le *monastère de Sainte-Melpomène*,
« l'*abbaye de Saint-Momus*. Alerte ! alerte ! ou nous
« sommes perdus. »

Ce dernier trimestre, un antique Hellène qui,
fatigué d'avoir toujours le Panthéon devant les
yeux, s'est décidé à venir admirer la Madeleine,
passait devant un théâtre illuminé comme un café ;
l'affiche annonçait : *Les nouveaux péchés capitaux*,
grande féérie en dix-huit tableaux.

— Quel est cet établissement ? demanda-t-il en se
penchant vers son cicerone.

Et le guide répondit :

— Topazopulos, c'est la principale maison des
demoiselles repenties.

LES SCRUPULES DE M. GONTRAN

---

*Un grand salon de famille; portraits d'ancêtres çà et là;
à droite, un quadrisaïeul en chevalier bardé de fer;
à gauche, un oncle en voltigeur de la garde nationale.
Un jeune homme, au front sévère, assis au coin de la
cheminée, relit* M. DE CAMORS.

SCÈNE I

UN DOMESTIQUE

Une dame demande à parler à monsieur, pour
l'appartement.

MONSIEUR

Quel âge à peu près ?

LE DOMESTIQUE

Vingt-six à vingt-sept ans, tout au plus.

MONSIEUR

C'est bien jeune; comment la mise ?

1.

LE DOMESTIQUE

Une forêt de faux cheveux.

MONSIEUR

C'est bien grave ; dites que je n'y suis pas.

LE DOMESTIQUE, *rentrant*

Cette dame insiste, monsieur ! elle dit qu'elle connaît la sœur du beau-père d'un des amis de monsieur.

MONSIEUR, *avec mauvaise humeur*

Faites entrer ; ce sera mille francs de plus.

SCÈNE II

Une dame en robe de cachemire sang de bœuf, avec manteau assorti, voilette noire et talons de vingt-cinq centimètres.

C'est à monsieur Gontran des Alpines que j'ai l'avantage de parler ?

GONTRAN, *se levant à demi*

A moi-même, madame ; mais permettez-moi d'être surpris... c'est d'ordinaire mon régisseur qui...

LA DAME

Il est à la chasse, monsieur, et j'ai cru pouvoir prendre l'extrême liberté de me présenter chez vous.

GONTRAN

Mon quatrième, madame, est de neuf mille francs.

LA DAME

On n'avait osé m'assurer : *huit.*

GONTRAN

C'est moi qui me trompais : je voulais dire neuf mille cinq.

LA DAME

A la bonne heure !

GONTRAN

Est-ce qu'on vous a fait monter par l'escalier d'honneur, madame ?

LA DAME

Est-ce que j'aurais dû prendre l'escalier de service, monsieur ?

GONTRAN

Non ; mais il n'est encore qu'une heure et demie, et pour les étages supérieurs, je ne permets aux étrangers l'accès du grand escalier qu'à partir de trois heures.

LA DAME

Si j'avais su, je me serais munie d'une échelle de cordes.

GONTRAN

Mon appartement de neuf mille sept est, madame,
d'un abord moins risqué; une spirale de cent vingt-
deux marches conduit sans fatigue le locataire au
rez-de-chaussée; seulement, j'ai l'honneur de vous
prévenir que par aucun des trois escaliers les fournisseurs ne sont plus reçus passé sept heures du
matin.

LA DAME

Fort bien, monsieur, je réveillerai mes gens; ma
modiste est-elle comprise dans cette mesure de rigueur?

GONTRAN

Quand elle n'a pas de carton avec elle, non, madame.

LA DAME

Et mon coiffeur?

GONTRAN

Cela dépendra de sa toilette.

LA DAME

Oh! je compte bien lui imposer l'habit noir et la
cravate blanche.

GONTRAN

Je dois en outre vous avertir, madame, que dans

mes immeubles, les fleurs et les animaux sont ex-
pressément défendus.

LA DAME

Les enfants en sont-ils ?

GONTRAN

Heureusement, oui, madame.

LA DAME

J'ai ma petite nièce avec moi, mais je l'enverrai
perdre. M'est-il permis de recevoir des bouquets ?

GONTRAN

Mon Dieu, madame, on nous pose toujours en
tyrans impitoyables. Vous me paraissez une personne
de sens ; vous savez parfaitement que les végétaux
dégradent les murs, et que la maternité elle-même...
tandis que les ménages paisibles... Voyez Philémon
et Baucis, n'étaient-ils pas plus heureux ? La solitude à deux, c'est le paradis...

LA DAME

Vous parlez d'abondance sur la stérilité...

GONTRAN

Est-ce que vous recevez beaucoup, madame ?

LA DAME

Quelques dîners, deux ou trois bals par hiver,
voilà tout.

GONTRAN

J'exigerai pour le bon ordre, et par égards pour la délicatesse des plafonds, que vous n'ayez jamais plus de trente personnes à la fois.

LA DAME

A merveille, mes invités se succéderont par séries; je donnerai trois soirées de huit heures à minuit.

GONTRAN

Vous avez le gaz dans votre cabinet de toilette, mais il y a défense de l'allumer après minuit.

LA DAME

A quelle heure faut-il éteindre les lampes?

GONTRAN

Je n'ai pas besoin de vous demander, madame, si vous êtes mariée?...

LA DAME

Je n'ai pas mon contrat de mariage sur moi, mais je vous l'enverrai avec mon acte de naissance.

GONTRAN

Je n'en demande pas tant, madame; monsieur votre mari n'est pas commerçant?

LA DAME

Je ne crois pas, monsieur, il est mort.

GONTRAN, *avec intérêt*

Vous êtes veuve !

LA DAME

Depuis trois ans; j'ai été épousée par un homme de soixante-dix-sept ans que j'ai eu trop vite la douleur de perdre.

GONTRAN

Je saisis toute l'étendue de ce malheur.

LA DAME

Pardon, monsieur, je vois sur cette cheminée une photographie; où vous êtes-vous procuré ce portrait qui est le mien ?...

GONTRAN

Mais chez tous les marchands, madame, vous étiez entre Mlle Blanche d'Antigny et le cardinal de Bonnechose : il doit y avoir erreur.

LA DAME

Jugez plutôt. *(Elle relève son voile.)*

GONTRAN

Vous êtes vraiment trop jolie pour ma maison.

LA DAME

Feu M. de Flerzieux ne m'avait pas trompé, monsieur, en me disant que vous étiez un impertinent.

GONTRAN

Quoi, c'est à madame de Flerzieux... Veuillez
excuser, je vous en supplie, je suis confus...

LA DAME

Ce n'est pas assez, il faut être repentant ; vous
dites combien, votre mansarde ?

GONTRAN

Six mille, prix net, madame...

LA DAME

C'est trop cher !

GONTRAN

Que je serais heureux de vous verser, si vous vouliez...

MADAME DE FLERZIEUX

Je ne vous comprends pas, monsieur.

GONTRAN, *continuant*

Essayer dans ma personne un second mari...

MADAME DE FLERZIEUX

Voilà qui est foudroyant !

GONTRAN

Je vous demande pardon d'être si rapide, mais je
pars ce soir même pour le pôle nord.

MADAME DE FLERZIEUX

Vous reviendrez...

GONTRAN

Si je ne suis pas mangé par les ours blancs.

MADAME DE FLERZIEUX

Y pensez-vous, vous qui interdisez aux femmes le
bonheur d'être mères...

GONTRAN

Pas à la mienne.

MADAME DE FLERZIEUX

Moi qui raffole des plantes...

GONTRAN

Si vous l'exigez, nous sèmerons du blé dans le
salon.

MADAME DE FLERZIEUX

Moi qui adore le monde, songez à la fragilité de
vos solives !

GONTRAN

Nous croulerons ensemble, madame !

MADAME DE FLERZIEUX

J'ai quatre chiens.

GONTRAN, *avec enthousiasme*

Présentez-les moi.

MADAME DE FLERZIEUX

Plus deux *inséparables.*

GONTRAN, *d'un ton pénétré*

Quel pronostic !

MADAME DE FLERZIEUX

Vous êtes un insensé.

GONTRAN

Rendez-moi la sagesse.

MADAME DE FLERZIEUX

Le dernier prix de votre cabanon ?

GONTRAN

Soixante-treize mille livres de rentes que je vous offre...

MADAME DE FLERZIEUX

Nous verrons, mais à une condition.

GONTRAN

Laquelle ? j'y souscris d'avance.

MADAME DE FLERZIEUX

Vous autoriserez le porteur d'eau à passer par l'escalier d'honneur. *(Elle lui tend la main.)*

GONTRAN

Si vous l'exigez, je mettrai le feu à ma maison.

MADAME DE FLERZIEUX

Assez de marivaudage, monsieur des Alpines.

GONTRAN

Ainsi vous voilà ma locataire, mais je demande un denier à Dieu.

MADAME DE FLERZIEUX, *lui jetant son gant*

Tenez, monsieur le concierge, et maintenant, le secret s'il vous plaît !

INTERROGATOIRE

DE

MADEMOISELLE MARIE PREMIÈRE

———

I

— Monsieur, je suis la personne qui vous a été recommandée par Mme Maltide, la dame de confiance du comte Catalpa.

— Dites donc : *Mathilde.*

— Son parrain lui-même prononce toujours *Maltide;* ainsi...

— N'insistons pas; vous désirez, mademoiselle, entrer à mon service ?

— Oui, monsieur. Je ne peux plus tenir dans les maisons où il y a des enfants, je préfère me placer chez un monsieur seul.

— Avez-vous un parent sous les drapeaux ?

— Je n'ai qu'un cousin qui est de la réserve.

— Vous n'êtes pas prussienne, j'espère ?

— Non, monsieur; je suis née dans la troisième rue de Laval prolongée, et je m'appelle Marie Descerneaux; mais comme il y avait des tas de Marie là où j'étais, on m'a baptisée : *Marie Première.*

— Tiens, comme à l'Opéra.

— Et c'est sous ce nom-là que je suis connue chez les fournisseurs du quartier.

— Quel âge avez-vous, mademoiselle Marie Première ?

— Ah ! monsieur, que c'est donc pénible d'être chez les autres !

— Vous ne répondez pas à la question.

— Si, monsieur ; on parle tout le temps d'égalité, j'entends toujours dire : On ne doit jamais demander à une femme l'âge qu'elle a, et nous autres nous sommes forcées...

— Restons donc dans le vague, ça m'est égal ; à propos, vous portez chapeau, n'est-ce pas, mademoiselle ?

— Oh ! si peu, monsieur.

— Qu'est-ce que vous me demanderiez de plus pour vous contenter d'un bonnet ?

— Monsieur appellerait le notaire pour me coucher sur son testament, que je refuserais, s'il fallait ne pas porter la coiffure de tout le monde ; je n'ai pas envie de me faire mépriser.

— Ce sentiment vous honore ; qu'est-ce que ces petits tessons que vous avez là aux oreilles ?

— Des émeraudes d'exportation, monsieur.

— A sept francs la paire ?

— Oh mon Dieu ! monsieur, c'est tout aussi joli que celles qui coûtent des mille et des cents ; tout ça, ce sont des idées que les maîtres se font.

— Vous avez bien raison, mademoiselle Marie

Première; le jour n'est pas loin où les bouchons de carafe écraseront les diamants, et où il n'y aura plus de différence entre les joailliers et les marchands de cristaux. Mais passons à des choses plus sérieuses, j'ai beaucoup de choses à vous-demander.

— Si ça ne dérangeait pas monsieur que je m'asseoie?

— Faites comme chez vous, mademoiselle Marie Première.

II

— Vous avez reçu un peu d'éducation, n'est-ce pas?

— Comment donc, monsieur! J'ai été cinq ans dans un pensionnat de demoiselles, et j'ai failli avoir un prix.

— Eh bien! la première condition que je vous poserai...

— Oh! moi, d'abord, monsieur, je n'aime pas à sortir...

— Il ne s'agit pas de courses, c'est de ne pas dire : *Gymnasse* pour *Gymnase*, et n° 16 *bize,* par exemple, au lieu de 16 *bis*.

— Je parle français, monsieur, n'ayez pas peur.

— Ainsi, comment appelez-vous cette percale qui recouvre mon canapé?

— *L'housse*, pardi!

— Ah! voilà ce que je craignais. Je désirerais bien aussi, quand je m'informerai s'il est venu quelqu'un pendant mon absence, que vous ne me répondiez pas : *Je n'ai pas vu personne;* cette locution me crispe.

— C'est pourtant une expression reçue de tous mes camarades; j'ai entendu des domestiques poudrés qui s'en servaient sans dire gare.

— La seconde faveur que j'exige de vous, mademoiselle Marie Première, c'est de ne pas pétrir la porte avec vos cinq doigts, comme si vous vous cramponniez à la menuiserie, quand je vous adresserai une recommandation au moment où vous quitterez le salon ou la salle à manger; ce geste, très à la mode chez vos collègues, finit par huiler déplorablement les panneaux.

— Je ne peux pourtant pas faire mon service avec des gants !

— Défiez-vous, mademoiselle, de ces réponses cavalières qui n'ont aucune espèce de sens; par exemple, quand vous me causerez la surprise de me briser une théière...

— Oh ! je ne suis pas casseuse, moi, monsieur.

— Je le savais, mais ce n'est qu'une supposition; ne vous écriez pas, si je me plains de votre maladresse : *Je ne peux pourtant pas être dans la théière,* ou bien encore, quand vous aurez par mégarde laissé sur une basque d'habit une éclaboussure de macadam, épargnez-moi de vous entendre affirmer que *c'est dans l'étoffe.*

— Je n'ai jamais dit rien de pareil de ma vie, monsieur.

— J'aborde maintenant un sujet plus délicat ;

tolérez-vous volontiers chez un maître, mademoiselle Marie, les objets d'art, les porcelaines de prix, les verres de Venise, tout ce que notre époque si distinguée qualifie de *bibelots*.

— Si monsieur veut que je lui parle franchement, je trouve que tout ça c'est des bêtises, mais je respecte les manies des personnes; pourquoi monsieur m'interroge-t-il sur cet article ?

— Parce qu'il me serait très-désagréable de vous surprendre, comme votre prédécesseur, répétant chaque matin : « Il faut que monsieur ne soit guère *nareux* pour manger dans des assiettes qui ont servi à tout le monde. » — Je regrette vivement de ne pas mériter la belle qualification de *nareux*, mais je tiens à mes vieilles faïences.

— Mon Dieu! monsieur, il y avait des horreurs comme ça chez nos grands parents, à Saint-Leu-Taverny; mais ma sœur et moi nous les jetions par la fenêtre.

— Voyez comme tout s'arrange; nous autres nous les ramassions.

III

— Savez-vous bien distinguer les nuances, mademoiselle Marie Première ?

— Ce serait bien malheureux, monsieur, si quand on est majeure...

— La majorité n'y fait rien; quand je demandais à celle que vous allez remplacer : « Mon veston violet, » elle m'apportait régulièrement ma jaquette

2

bleue, et *vice versâ ;* pour elle tout ce qui était rouge
foncé ou vert bronzé passait fatalement pour marron.

— Je n'ai pas mes yeux dans ma poche, moi,
monsieur.

— Voyons un peu : de quelle couleur croyez-vous
que soit la robe que vous portez ?

— Havane, monsieur.

— Je vous y prends : elle est puce !

— Ah ! si monsieur regarde, comme ça, tout à la
loupe, il doit se rendre bien malheureux.

— C'est pour m'éviter des chagrins, mademoiselle
Marie, que je vous préviens, quand vous remettrez
des boutons à mes chemises, de ne pas les choisir de
différentes grosseurs, et de ne pas mélanger la nacre
avec l'ivoire.

— Je puis dire que je n'ai pas encore rencontré
un monsieur aussi minutieux !

— Je n'ai pas fini ; promettez-moi, quand vous
vernirez mes bottines, de ne pas promener le pinceau
sur le lasting.

— Je sais comment j'agis, monsieur.

— Je dîne toujours au dehors ; je ne déjeune chez
moi que par exception ; vous aurez donc, mademoiselle, très-peu de cuisine à faire ; il est sage néanmoins de poser quelques principes : mettez-vous
du sucre dans les légumes, mademoiselle Marie ?

— Il le faut bien, monsieur.

— Vous trouverez bon alors, chaque fois que vous
convertirez mes artichauts en *plat doux,* que j'intro-
duise du sel gris dans votre café au lait.

— Je vois que monsieur ne fait rien comme tout le monde, mais je me conformerai à son idée.

— Vous avez votre livret?

— Il est dans ma malle, monsieur; mais j'aurais voulu à mon tour que monsieur me laisse prendre quelques renseignements sur lui, pour savoir si nos caractères peuvent s'accorder.

— C'est trop juste, mademoiselle Marie, voilà le certificat de ma dernière bonne, lisez :

— « Moi soussignée, Esclarmonde Briquemeister, reconnais que mon maître m'a servie avec dévouement et fidélité pendant l'espace de dix-huit mois. » Il n'y a rien à dire, monsieur, j'apporterai mes effets lundi. Monsieur donne, sans doute, le denier-à-dieu?

— Combien faut-il pour que vous n'appeliez pas ma maison *une baraque*.

— Je ne taxe pas les maîtres, monsieur.

— Voilà vingt francs ; est-ce assez?

— Oh ! ce n'est pas l'intérêt qui me guide... c'est cinq cents francs de gages que monsieur a l'habitude...

— Plus une augmentation chaque année si je suis content.

— Je ne suis pas changeante... je demande à rester assez longtemps avec monsieur pour lui fermer les yeux.

— Contentez-vous, en attendant, de bien fermer mes portes.

— J'oubliais ; monsieur me permettra bien de recevoir quelquefois ma sœur ?

— En grand uniforme seulement.

— Monsieur se trompe joliment ; je n'aime pas les militaires.

— Alors, rien de fait.

— Mais, s'il le faut, je me réconcilierai avec l'armée… Un dernier mot, monsieur me conseille-t-il de souscrire à l'emprunt ?

— Je vous chasserais d'avance si vous aviez la pensée de refuser vos faveurs à l'Etat.

— Je souhaite bien le bonjour à monsieur.

— Allez préparer vos capitaux, mademoiselle Marie Première.

— Mais je serai réduite…

— Qu'est-ce que ça vous fait pourvu que ce ne soit ni au silence ni à la mendicité.

LE ROI GAVROCHE

Il y avait plusieurs siècles que nous nous regardions amoureusement dans tous les miroirs ; les autres peuples — *nos frères (Caïnson, Caïnoff, Caïnmann, Caïnski, Caïno)* — qui nous observaient avec la vigilance de la vanité blessée, n'ont pas été fâchés de voir ces miroirs emportés par des Allemands.

Mais que nous importe ! quoique les lauriers soient coupés, nous n'en prétendons pas moins aller au bois, et nous sommes des Narcisses qui poursuivons notre image jusque dans le lac de l'adversité.

La fatuité nationale, comme on n'a pu que trop s'en rendre compte, était un péché mortel ; mais il y a au ciel comme sur la terre des circonstances atténuantes ; on peut nous blâmer de nous être appelés si complaisamment : la *grande nation*, la *prunelle du monde*, les *fournisseurs du soleil*. Je comprends toutes ces aberrations pompeuses de l'amour-propre ; mais ce que je refuse absolument à admettre, c'est la vénération des *penseurs* et des *viveurs* pour le voyou parisien.

De toutes les admirations convenues, je n'en sais pas de plus *gâteuse* que la *gavrochomanie*.

2.

Voilà tout près d'un siècle que leur règne dure à ces beaux messieurs de l'égout, que les Anglais appelleraient volontiers, comme ils l'ont fait pour certains révolutionnaires : *gentlemen of the pavment;* et voilà près de cinquante ans que les blasés et les philosophes, — les gens qui sortent du cabinet particulier et les gens qui sortent du cabinet d'études, — se pâment en entendant un ex-gamin, avec sa casquette en arrière, les cheveux collés aux tempes, s'écrier d'une voix ignoblement nasale :

— « Oh! là! là! »

Ce « oh! là! là! » héréditaire plonge dans une extase non moins traditionnelle les petits-crevés de tous les régimes ainsi que les professeurs de socialisme.

— Ont-ils de l'esprit! disent les premiers.

— Qu'ils sont profonds, disent les autres!

Et ce « oh! là! là! » laisse M. Michelet rêveur. Il pèse dans la balance Louis XIV et l'inventeur de ce glapissement sublime, et ce n'est pas le Grand Roi qui l'emporte!

Avouez-le, jeunes forçats du plaisir, et vous vieux bonzes de la démocratie, vous trouvez Feuillet fade, Taine ennuyeux, Sandeau pas assez poivré, Guizot futile. Mais quand l'air est frappé de cette interpellation délicieuse, formée avec un accent qui a l'air de marcher sur les syllabes comme on marche sur une tige de botte :

— Et ta sœur!

vous devenez de nouveaux saints Paul sur le chemin de Damas!

Est-il encore temps de vous le dire, — car à quoi
sert de prêcher des remèdes aux incurables ! — tous
ces Rivarol de la plèbe, ces Chamfort de la belle
étoile n'ont jamais, de leur traîtresse vie, trouvé un
mot.

Ils ricanent, ils blaguent, ils lancent leur salive
à quinze pas sur l'honneur de leur sœur ou de leur
mère; mais je parie de les réunir en concours, et
j'offre une prime de dix mille francs à celui qui dé-
couvrira à leur actif un *trait* inédit.

Ce sont les journalistes, — devenus souvent pil-
lards eux-mêmes, — qui fournissent à l'imposante
corporation des voyous les drôleries dont se régalent
ensuite les gourmets intellectuels.

Le voyou ramasse les débris de *balançoires* comme
il ramasse les bouts de cigare, et, cette fois, il ne
vous dit pas, ce qui est un de ses moyens de comique
favoris : *Merci, mon prince !*

Un farceur, un professeur de thibétain, je crois,
lança, il y a quelques années, le jour de la fête de
l'empereur, cette saugrenuité : *As-tu vu Lambert ?*
que répétèrent machinalement les autres classes de
la société.

Ce fut ce jour-là que Belleville décréta que les
Bellevillois étaient le peuple le plus spirituel de l'Europe.

La part de collaboration du voyou à l'esprit français se réduit à ceci :

A l'Ambigu et à la Gaîté, du haut des troisièmes
galeries, il fait descendre du cintre et des troisièmes

galeries, pendant quarante représentations consécutives, des projectiles empruntés à la cuisine : c'est la Saint-Médard des trognons de pomme ; chaque fois que les spectateurs de balcon sont endommagés, la salle électrisée se tourne avec enthousiasme vers les hauteurs d'où est parti le coup. Que c'est grand ! que c'est fort ! semble-t-elle dire ; jamais l'Académie française ne se serait avisée d'une si mordante taquinerie.

On nous a assuré, — c'était sans doute une protestation contre l'empire, — car le voyou ne souffre pas qu'on lui dispute la couronne de France, — que quelques souteneurs de barricades, un soir, au Châtelet, avaient exprimé leur dégoût pour les riches en leur décochant un parasite spécial qu'ils portent toujours sur eux.

Voyez-vous les malheureux auditeurs obligés d'écouter une pièce nouvelle avec un *paravermine* ?

L'été dernier, une des rares calèches qui restent encore à Paris s'arrêtait sur le boulevard ; une jeune femme dans toute la majesté de la grossesse descend de voiture ; un gavroche s'avance pour lui offrir la patte ; mais, avant de la lui tendre, le valet de pied, qui a vu le mouvement, écarte le malpropre indiscret.

— Allons ! dit le voyou en montrant aux camarades la jeune femme tout près de faire ses couches, *on va encore dire que c'est moi !*

On frémira de volupté dans beaucoup de comités

électoraux en apprenant cette répartie, qui n'est pas neuve.

J'avoue qu'elle me laisse froid. La grossièreté ne m'a jamais paru avoir tant d'étincèlements : être obligé de prendre des cailloux pour des diamants, c'est une rude servitude; encore si c'était des cailloux du Rhin !

Le manuel du parfait voyou est, du reste, d'une simplicité et d'une monotonie parfaites.

On lui demande : Avez-vous été voter? ou bien : Connaissez-vous la rue de Châteaudun ?

— *Ce ne serait pas à faire.*

— Vous savez... l'ancienne rue du Cardinal-Fesch.

— Un cardinal, c'est un oiseau; *oh ! là ! là !*

Le roi Gavroche vous marche sur le pied avec ses immenses bottes à l'écuyère, qu'il affecte de chausser quand il fait sec.

— Prenez donc garde !

— *Ne faites-pas le malin.*

Avec lui, *on fait toujours le malin*; il faut savourer ses incongruités, embrasser ses préjugés boueux, accepter son *bon plaisir;* sans quoi, on *fait le malin;* et il n'attend que le moment de vous *serrer la vis.*

Et chose bizarre, ces décrets, formulés dans l'argot le plus plat et le plus sordide, deviennent pour beaucoup de fortes têtes de cette société ramollie, *l'ultima ratio* de toutes choses.

Comment osez-vous encore rêver de trônes quand

le vrai Gavroche, dit en avançant la mâchoire infé-
rieure :

— *Des monarques, n'en faut plus !*

A quoi bon écrire l'histoire et essayer de juger
l'empereur et l'impératrice, par exemple... le roi
Gavroche a tout dit en deux vers de complaintes :

> L'père et la mère Badingue,
> A deux sous le paquet!

Eh bien! sire Gavroche, vous m'en croirez si vous
voulez : à Paris, vous êtes peut-être une valeur extraordinaire; on est toujours libre de préférer les
pourceaux aux perles; mais sur le marché européen,
c'est vous qui ne valez pas cher; et vous devriez bien
renvoyer à qui de droit votre renom de loustic étonnant avec ses simples mots : *Restitution au Trésor.*
Un demi-centime de plus en ce temps de misère n'est
pas à dédaigner.

N. B. Du temps d'Auguste Barbier, le voyou était
jaune comme un vieux sou; aujourd'hui il est haut en
couleur, gras et florissant; il a le verbe haut, le
geste dominateur, et il protége des puritains qui ins-
crivent gravement sur leur cartes de visite :

BRUTUS, AGRÉGÉ DE GRAMMAIRE,
CHAMBELLAN DE S. M. LE ROI GAVROCHE.

SA MAJESTÉ LE SOLEIL

I

Paris commet chaque année un épouvantable
contre-sens dont l'autorité devrait bien faire justice :
c'est de s'obstiner à choisir, pour vivre, le jour au
lieu de la nuit, pendant ce brutal incendie qu'on
appelle l'été, et contre lequel dix mille compagnies
d'assurances ne seraient pas de trop.

En vérité, messieurs les poëtes et messieurs les
peintres ont étrangement défiguré, avec la plume et
le pinceau, ce trimestre de juin, juillet et août que,
par le plus inouï des euphémismes, on qualifie de
saison. Depuis Virgile jusqu'à Troyon, c'est à qui
célébrera l'été, ce bagne de la nature ; en revanche,
on se dispute l'honneur de vilipender l'hiver, ce
faux bourreau qui vous caresse en ayant l'air de
vous exécuter. Je déclare un peu tard que si jamais
il y a eu dans la révolution annuelle une phase atroce
et stupide, c'est l'été. Le décembre le plus farouche,
le janvier le plus cosaque, quel est le *maximum* de
leur rigueur ? de vous défendre de sortir, et encore,

quel fortifiant qu'une belle gelée ! quel carnaval
que le givre ! quel espiègle que le verglas ! et quelle
innocente que la neige ! — à moins de se faire
naturaliser Groënlandais, l'hiver vous permet la
vie intérieure, que dis-je ! il en double le charme ;
il est l'organisateur par excellence de la valse et de
la causerie, et il vous laisse allumer votre feu. (Ah !
si l'été nous laissait éteindre le soleil !) Le thermomètre peut impunément descendre au-dessous de
zéro, l'alcôve n'en devient qu'un nid plus doux, le
théâtre n'a que plus de prestige, la table n'est que
plus irrésistible, le travail n'en sourit que mieux aux
paresseux ; l'été, lui, ce splendide butor, vous sup-
prime radicalement l'existence : il vous poursuit à
domicile ; où que vous vous cachiez, il saura bien
vous trouver pour vous mettre en pâte, vous conges-
tionner ou vous dissoudre ; aimez donc, quand votre
maîtresse se liquéfie ! pensez donc, quand le cerveau
se calcine ! agissez donc, quand l'atmosphère casse
vos muscles ! autant essayer de jouer d'un violon
sans corde ; je disais que l'été est un bourreau,
j'oubliais qu'il a des aides ; je vous présente d'abord
la gracieuse hydrophobie, puis l'aimable charbon,
puis le sémillant choléra, accompagné de dix-huit
cent mille milliards de cirons, cancrelins, mous-
tiques, cousins, sans parler des insectes, dont le
nom seul équivaut à une démangeaison.

On plaisante les nez rouges que fait éclore l'hiver,
ô Saint-Preux, quel genre d'émotion auriez-vous
éprouvé, si vous aviez surpris Julie se grattant avec

fureur, et mettant à vif sa blanche peau criblée
d'ampoules ? O roi d'Yvetot qui ne faisais qu'un
somme, j'eusse voulu vous voir à la campagne, vers
le 15 juillet ; je ne connais pas de bonnet de coton
qui tienne contre un coléoptère résolu. Vous aper-
cevez bien là-bas cette élégante petite mouche au
corsage doré ? — si vous voulez mourir en un quart
d'heure enflé et livide, vous n'avez qu'à lui aban-
donner pendant une seconde le bout d'un de vos
doigts... Moment enchanteur ! les fleurs n'ont plus
d'arôme, la verdure abdique en faveur de la poussière, le sol se crevasse, les moissonneurs tombent
foudroyés dans les blés, et le soleil se rit imperturba-
blement de tout cela dans un cuisant azur ! Encore
un parvenu que les rimeurs encensent, le soleil !
Quand donc chassera-t-on du firmament ce Tucaret
vêtu de diamants, qui flamboie quand on ne lui
demande que d'éclairer et qui passe pour un bienfaiteur, parce que deux ou trois fois par an il
réchauffe les habitués de la *petite Provence ?*

Que je voudrais voir destituer cet orgueilleux fonc-
tionnaire ! On nommerait à sa place cet excellent
Saturne, qui attend depuis si longtemps une position
avec sa bague au doigt ; c'est un anneau de fiançailles
qu'il offre à la terre : la terre devrait bien divorcer.

II

Les troubadours auront beau accorder leur lyre,
je ne consentirai jamais à tomber en extase comme

3

l'éléphant, devant ce moxa en forme de rondelle
qu'on intitule le soleil. — Ils me font l'effet de côtelettes qui chanteraient le gril. On dirait vraiment
qu'on a cité la merveille des merveilles quand le
mot : *soleil* s'épanouit sur les lèvres ; je ne fais pas
tant de compliments aux Orientaux de voir le petit
lever de cet astre incommode, et je porte peu envie
à l'Egypte de ce qu'elle est rôtie par lui avec tant de
pompe ; des petits bâtards d'Apollon feignent de se
pâmer quand ils parlent de *la lumière ;* mais ce n'est
pas vraiment la lumière que le soleil apporte, c'est
l'aveuglement ; je vous défie, quand ce roi tient l'horizon, de regarder un monument ou de saisir un
paysage ; les lignes et les couleurs s'absorbent dans
un rayonnement convulsif ; les perspectives sont
blanchies à outrance, à peine s'il y a un premier
plan ; quelle différence avec ces temps doux et voilés
où le nommé Apollon fait son véritable office, c'est-
à-dire où il se tient à distance respectueuse derrière
les nuages ! Comme les dômes s'arrondissent, comme
les clochetons s'effilent, comme les nuances s'ac-
cusent, et quelle suavité pour l'œil ! Quel être insensé
peut préférer l'éclairage à l'objet éclairé ? C'est une
admiration de lampiste passée à l'état aigu. Nous
avons les ânes revêtus de la peau du lion, n'aurions-
nous pas les oies parées des plumes de l'aigle ? Ces
prunelles superbes n'appartiennent plus au regard
humain ; elles ressortent du microscope : ce sont des
lentilles. Et tenez, savez-vous au fond pourquoi on
jouit tant du coucher du soleil ? parce qu'il en est du

soleil comme d'un petit enfant : tous deux sont char-
mants quand ils sont couchés !

III

Voilà pour les années ordinaires ; qu'est-ce donc
quand il s'agit des *grandes années ?*

Ce qu'on appelle l'*été de la Comète* n'est même plus
ce supplice périodique que j'ai caractérisé, et qui avait
encore sa pudeur ; c'est un scandale et c'est une monstruosité ; on dirait le jubilé du calorique ; il se produit
dans l'existence des êtres et des choses une lacune de
plus de quatre mois, c'est le régime de la décomposi-
tion et de l'asphyxie ; les roses ne vivent plus ce que
vivent les roses ; les primeurs naissent conserves, les
rendez-vous sont dérisoires ; quand on dépose un
baiser sur une joue, on a l'air d'embrasser du beurre,
l'insomnie est en permanence, le corps devient une
table d'hôte de plus d'insectes que l'univers n'a d'é-
toiles, et qui n'est jamais desservie ; Dieu sait quel
train font les convives ! Vous voulez lire, les yeux
roulent du plomb enflammé ; vous prétendez écrire,
la main tombe en gélatine ; l'inertie est un bain-
marie, chaque mouvement abrège la vie d'une semaine ; vous vous calfeutrez, on jurerait qu'un soleil
invisible luit dans les ténèbres ; la fraîcheur est torride, la pluie cautérise ; entre vous et le monde réel
s'interpose cette éternelle sensation de fournaise dont
nous menacent les prédicateurs. L'aurore a l'air
d'avoir une fièvre qui déjoue la quinine, tant ses

doigts de rose sont brûlants; Voltaire eût été un crétin par cette température, Rothschild serait inscrit
aujourd'hui au bureau de bienfaisance, s'il avait dû
faire sa fortune sous cet anéantissant Réaumur. On
parle avec terreur de la chaleur des Indes; si les
bons habitants de Jungpoore et d'Allahabad avaient
eu à supporter la frénésie de notre canicule, les
femmes chez eux seraient mères à onze mois, et trisaïeules à cinq ans; encore leur été se compense-t-il
par des prodigalités gigantesques; des fleurs de vingt-
cinq pieds de haut, des fruits dont il faut cinq minutes pour faire le tour; mais en vérité, chez nous,
pour mettre à bien des prunes de Monsieur, faut-il
déplacer l'équateur?

Ah! désolation insolente des étés fameux, je ne
vous oublierai jamais : étangs taris, fleuves qui
pouvez à peine vous retourner dans votre lit; routes
miroitantes et mornes, ciel dont le bleu pâlit à force
d'ardeur, végétation torréfiée et grise, confiscation
de tous les plaisirs, de tous les instants et de toutes
les pensées au profit de cet implacable égoïste que
Louis XIV a gâté en daignant l'admettre sur ses
livrées, Sa Majesté le Soleil, enfin, un despote qui
a mérité cinq cents ans d'éclipse totale!

Il n'y avait qu'un parti à prendre contre cet insa-
tiable ennemi, c'était de profiter de son sommeil; la
raison nous conseillait tout naturellement de saisir
pour nous lever la minute où il se couche, et pour
nous coucher la minute où il se lève; nous l'aurions
ainsi laissé tout seul dans l'espace, dévorer à son

aise notre misérable planète; mais comme la France
se distingue éminemment par le bon sens, les forçats
de la transpiration se sont bien gardés de briser un
peu leurs fers; savez-vous à quelle heure ils font surtout leurs affaires? — Regardez plutôt le péristyle de
la Bourse — à midi, c'est-à-dire au degré précis où
les canons partent d'eux-mêmes, et où l'apoplexie est
à son zénith!

Belles nuits d'été où, en l'absence du maître, la
nature ose respirer; où la brise prend pitié du jardin
carbonisé, où la république des étoiles gouverne si
paisiblement sous la présidence de la lune, nous
vous fuyons avec une ponctualité ridicule, dès que
votre volupté s'annonce, nous nous renfermons dans
une chambre; pendant que le rossignol chante, nous
ronflons, et le lendemain nous nous remettons religieusement à écouter le bruit des voitures; tandis
que la bienveillante sœur de l'insociable Phœbus
répand sur toutes choses cette molle clarté qui rafraî-
chit les yeux, nous attendons, pour ouvrir la pau-
pière, que le frère allume ses abominables torches;
nous évitons la caresse et nous courons aux verges.
O lune! quand reconnaîtra-t-on que le roi du jour
mérite autant d'exécration que la reine des nuits
mérite d'amour? ô doux silence de la période nocturne, quand te préférera-t-on au vacarme de la
période diurne? Fleurs qui gardez votre secret pour
ces heures choisies, quand cessera-t-on de vous oublier? belles-de-nuit, quand votre beauté aura-t-elle
donc son tour?

Il serait si élémentaire et si nouveau d'allonger la
vie moyenne de trois mois de plus par année, de
renouveler, pour ainsi dire, le billet du printemps,
en faisant l'inverse de ce qu'on fait; on sortirait de
chez soi au crépuscule; on rentrerait à l'aube, et,
pendant ce temps, on vaquerait à ses affaires ou à
ses plaisirs, sans affronter ces horribles malaises et
ces maladies mortelles, qui établissent la chute des
êtres, comme il y a la chute des feuilles; Paris, le
jour, serait désert et ses magasins clos; un seul
homme aurait le droit de s'y montrer avec des équi-
pages qui humilieraient entièrement le char du soleil
et porteraient pour devise : *Nec pluribus impar*. On
rachèterait, sans obérer l'Etat, le congé du rossignol,
qui ne nous quitte si brusquement que parce qu'on
ne l'écoute pas; quelle fête que Paris en mouvement
aux heures où il gît ! supposez tout un cimetière qui
ressuscite ! imaginez-vous le bois de Boulogne peu-
plé au chant du coq et le Vaudeville au petit jour,
retentissant du cri : *C'était ma mère*, pendant qu'en
face, on percevrait distinctement : *J'ai cinquante
mobiliers;* et, quand on regagnerait ses pénates, on
les trouverait rafraîchis par les zéphirs, magnétisés
par la lune et tout prêts à vous faire dormir sur un
lit de roses.

En conséquence, j'ai donc l'honneur de proposer
à la ville de Paris ce projet de loi, en faveur duquel
militent le bon sens et l'hygiène.

IV

Article 1er. — A partir du 15 mai jusqu'au 30 septembre de chaque année, les boutiques seront ouvertes au coucher et fermées au lever du soleil.

Article 2. — La tenue de la Bourse aura lieu de minuit à deux heures.

Article 3. —Les représentations théâtrales ne pourront commencer avant deux heures du matin et ne pourront se prolonger au delà de six heures : les contrevenants seront punis d'une amende de un à cinq cents francs.

Article 4. — Les administrations publiques ne seront en exercice que de sept heures du soir à quatre heures du matin.

Article 5. — Le conseil municipal invite ses concitoyens à fixer ainsi le programme de leur journée nocturne : lever à six heures du soir, déjeuner à sept heures, dîner à une heure du matin, coucher à six heures du matin au plus tard.

Article 6. — Le tarif des voitures pendant le jour sera l'ancien tarif des voitures pendant la nuit.

Article 7. — Sera réhabilitée cette locution célèbre que Jocrisse laissa échapper dans un moment d'abandon prophétique :

« Un jour, c'était la nuit ! »

DE L'AVENIR DES GORILLES

On signale chez les gorilles, ces peuples velus, découverts il y a quelques années par l'intrépide du Chaillu, une immense fermentation.

A force d'avoir entendu dire par les voyageurs avancés que l'homme descend du singe, et qu'une galerie de portraits d'ancêtres n'est pas complète tant qu'on ne met pas en regard de chevaliers bardés de fer et de marquis poudrés deux ou trois têtes d'orangs-outangs, les gorilles se sont résolus unanimement à revendiquer leurs droits de parenté.

— C'est à nous que le monde appartient, hurlent-ils en roulant des yeux sanglants... Nous sommes les hommes primitifs; allons reconquérir nos droits primordiaux sur ces descendants abâtardis; on prétend que l'espèce humaine dégénère; nous prouverons le contraire à l'Académie des sciences.

Vous savez ce que c'est que les gorilles?

Des gaillards de huit pieds de haut, dont un seul défierait six paires de *tombeurs* de l'arène athlétique : ils vous déracineraient le *marronnier du 20 mars*

3.

avec moins d'effort que vous n'en mettriez à enlever un brin d'herbe d'entre les pavés; les balles de tous les chassepots s'aplatiraient sur leur fourrure, qui vaut un bouclier. Ni le luxe ni la volupté ne les ont énervés, eux, nos véritables ancêtres; et les douze travaux d'Hercule ne seraient, pour ces privilégiés, qu'un simple passe-temps.

Or, ils sont quinze cent mille, s'entendant tous avec une harmonie qu'on chercherait vainement dans nos corps délibérants.

Jugez un peu de ce qui se passera si Paris, suivant toutes les probabilités, devient leur objectif?

Comment les repousser, ils sont irrésistibles?

« Notre légitime patrie, grimaçaient-ils, lors de « sa dernière visite, à du Chaillu déjà nommé, c'est « le pays où l'on a reconnu nos titres de noblesse et « la réelle origine de l'humanité.

« C'est pour nous un devoir d'aller remercier « MM. les matérialistes et d'intimider les cléricaux.

« Que le parti de l'avenir compte sur nous! Nous « réhabiliterons la nature calomniée si longtemps « par les souffreteux ou les avortons.

« Et puis, sequestrés jusqu'ici du monde de nos « frères, pourtant si indignes de nous, nous voulons « jouir à notre tour, en créatures antiques, de tous « les bienfaits modernes. Tremblez, petits don Juans, « qui reculez essoufflés à la troisième escarmouche. « Si Messaline, que nous méprisons du reste, avait « eu l'honneur de nous connaître, jamais Juvénal « n'aurait fait son fameux vers.

« Nous comptons apprendre à ces gringalets de
« Parisiens ce que c'est que la santé, ce qu'on
« appelle la vigueur.

« Nous n'avons pas besoin de lait d'ânesse, nous,
« et nous nous moquons pas mal de l'hydrothérapie.

« Vous gémissez sur la disparition des grands bu-
« veurs ? Le moins altéré d'entre nous viderait dans
« un *lunch* ordinaire la récolte artificielle de Bercy.
« La dernière qualité de nos Gérontes ferait le *dessus*
« *du panier* de vos Arthurs !

« On assure que la foi soulève les montagnes, —
« les gorilles sont un *cric* supérieur encore ! En une
« matinée ils aplaniraient la butte Montmartre, ce
« Mont-Aventin du prolétariat !

« La société française, si profondément atteinte
« dans son principe vital, ne peut se reconstituer
« que par des alliances avec les gorilles ; que le fau-
« bourg Saint-Honoré ne fasse pas sa tête, nous
« valons bien ces petits vicomtes qui n'en peuvent
« plus ; que la Chaussée-d'Antin ne nous dise pas :
« Où est votre sac ? Notre apport, c'est notre sang
« *grand riche,* une Revalescière naturelle qui recom-
« poserait un fossile.

« Qu'on se rassure : nous les rendrons heureuses,
« leurs filles, aux Parisiens. On se tromperait beau-
« coup en nous prenant pour des débauchés ; nous
« ne sommes ennemis ni de l'ordre ni de la famille ;
« la monogamie nous suffit ; ceux de nous qui se-
« raient d'une humeur un peu folâtre, nous avons
« le projet de les envoyer en Orient, lequel a bien

« besoin aussi d'être régénéré, puisqu'on l'appelle :
« *l'homme malade*. Ils organiseront quelques harems
« sérieux, et nous ne doutons pas qu'à la façon dont
« ils se comporteront, ces dames, accoutumées à des
« maîtres si souvent trahis par leur bonne volonté,
« ne s'écrient avec enthousiasme :

« — A la bonne heure, les gorilles, voilà des
« hommes ! »

LE BOUQUET DE VIOLETTES

I

Il fait une pluie à tout noyer; Paris est hideux;
de même que les larmes enlaidissent le plus joli visage, les averses défigurent la plus belle ville du
monde. — Le macadam semble monter au ciel; les
imprudents qui se hasardent dans les rues salies,
sont comme éclaboussés par des fiacres aériens; il
faudrait balayer les nuages.

Les femmes qui se respectent, et même les autres,
ne s'aventureraient pas au dehors même pour une
parure de diamants; toutes sont du reste d'une humeur massacrante; c'est le jour où la coquette dit :
j'ai envie de pleurer; penser à faire la conquête de
sa propre épouse est une véritable dérision dans ces
vilaines crises de la nature; à ces heures-là le mot
impossible est français.

Cependant le feu — cet ami ou cet ennemi, suivant qu'il prend dans la cheminée ou dans la mai-

son — le feu a groupé autour de son délicieux murmure trois personnes qui se regardent comme des Chimères du Japon : le mari, la femme et le candidat à l'amour coupable.

Monsieur a trente-deux ans viennent les étrennes, et s'appelle Marcel; madame retourne au chiffre 22, et porte le nom de Marguerite; le suborneur stagiaire touche à peine à sa grande majorité, et nous lui donnerons le pseudonyme de Félicien.

II

MARCEL

C'est bien aimable à vous, mon cher Félicien, d'être venu nous voir par ce temps horrible.

FÉLICIEN

Où est le mérite d'aller chez ses amis quand il fait beau ?

MARGUERITE

Séchez-vous donc, monsieur Félicien.

FÉLICIEN

Mais, madame, je n'ai pas fait naufrage; je suis venu en voiture.

MARGUERITE

Alors, c'est cette couturière qui est venue tout à l'heure avec sa robe toute trempée; le noir répand une odeur d'étude d'avoué, *une fois qu'il est humide;* on devrait quitter le deuil par ordre les jours où il pleut.

MARCEL, *coupant le dernier numéro de la* Revue des Deux-Mondes

En voilà un qui n'est pas dangereux; je crois bien que je puis sans danger aller chez Marianna. *(Il pousse un timbre caché dans la tenture.)*

UNE FEMME DE CHAMBRE, *entrant*

On demande monsieur.

MARCEL, *d'un ton pénétré*

Lisez-donc à ma femme cette étude sur la métallurgie. *(Il sort.)*

III

FÉLICIEN

Mon Dieu! madame, j'ai peur d'être indiscret et je vais vous demander la permission de me retirer.

MARGUERITE

Il faut avouer, monsieur, que les hommes n'ont guère d'égards pour nous; ce n'est pas à vous que je reproche d'être là, vous êtes un étranger, vous ne me devez rien; mais comment nos maris ne savent-ils pas que nous n'y sommes pour personne quand il fait si maussade ! Nous tenons à avoir la pudeur de notre *spleen*.

FÉLICIEN

Oh ! je reconnais bien là Marcel, c'est lui qui m'a reçu malgré vous ; je voulais seulement déposer ma carte, il m'a dit : entrez donc : il avait son projet, il voulait nous discréditer aux yeux l'un de l'autre.

MARGUERITE, *sévèrement*

Mon mari, monsieur, n'a besoin de recourir à aucun artifice pour être aimé comme il doit l'être.

FÉLICIEN

Je voulais dire seulement, madame, qu'il voulait me faire une ennemie de vous, et je crois qu'il a réussi.

MARGUERITE

Mon indifférence ne vous suffirait-elle pas, monsieur Félicien ?

FÉLICIEN

Non, madame, je préfère votre haine, car je mérite mieux que le néant ; vous devriez prendre en considération ma bonne volonté ou ma candeur ; je suis le seul de ma génération qui pense à faire la cour à une femme mariée.

MARGUERITE

Ah ! c'est en prix de vertu que vous prétendez
vous poser ?

FÉLICIEN, *avec feu*

M. de Monthyon en pensera ce qu'il voudra, mais
quand je vois mes camarades, les plus riches, les
mieux nés, ne laisser battre leur cœur que pour des
soupeuses de quinzième année, j'éprouve quelque
fierté à m'éprendre, comme au bon vieux temps,
comme en 1845, d'une héroïne digne de moi ; je suis
sûr que s'il était là il me couronnerait, en me disant : Courage, jeune homme, vous me rappelez
Ralph, Bénédict, M. de Belnave, tous les martyrs de
l'amour.

MARGUERITE

En attendant cette récompense honnête, voulez-
vous bien, monsieur Félicien, sonner pour qu'on
apporte du bois.

FÉLICIEN

Et

S'il n'en est qu'un seul, je serai celui-là.

MARGUERITE, *froidement*

Qui avez-vous pour maîtresse, mon cher monsieur ?

FÉLICIEN

Mais… madame… c'est-à-dire que pour la
forme…

MARGUERITE

Connaissez-vous cette photographie ?

FÉLICIEN, *involontairement*

Marianna !

MARGUERITE

Mon mari est chez elle en ce moment.

FÉLICIEN

Je lui souhaite d'être aussi calme, s'il me trouvait
à vos pieds. *(Il se jette aux genoux de Mme ***.)*

MARGUERITE

Relevez-vous, on croirait que je vous pardonne.

FÉLICIEN

Quoi qu'il arrive, madame, je ne reverrai jamais
cette femme.

MARGUERITE

Il n'arrivera rien, monsieur, mais j'entends que
vous continuiez à vous ruiner pour elle, fût-ce à
distance ; je veux vous punir.

FÉLICIEN

Alors, vous avez donc un peu d'affection pour moi.

MARGUERITE

Non, mais je désire seulement vous mettre à
l'épreuve ; nous autres nous ne pouvons demander
le moindre sacrifice ; je ne serai pas fâchée que tout
simplement en mon honneur vous jetiez à distance l'argent par les fenêtres ; qu'est-ce que vous
donnez à Mlle Marianna ?

FÉLICIEN

Mille écus par mois, sans compter les faux frais.

MARGUERITE

Vous l'augmenterez de six mille francs à partir
de ce jour ; elle a combien de chevaux ?

FÉLICIEN

Trois, dont un de selle.

MARGUERITE

Vous compléterez la douzaine.

FÉLICIEN

Mais si l'on m'interdit ?

MARGUERITE

Vous redeviendrez mineur, ce sera charmant. En

sortant d'ici, et vous allez me quitter, vous irez chez Mellerio et vous ferez emplette d'un collier de perles noires que vous porterez à cette demoiselle.

FÉLICIEN

Mais, madame...

MARGUERITE

Voyez : vous marchandez déjà.

FÉLICIEN, *se levant*

Il ne sera pas dit que vous aurez le démenti de cette gageure, madame ; vous entendrez parler de moi.

MARGUERITE

Parfait ; vous voilà comme je vous aime.

IV

Le ciel est rasséréné; il fait un soleil à tout dorer; Paris est superbe ; la rue Villedo elle-même prend quelque chose de coquet ; Marcel mène sa femme au bois dans l'espérance de rencontrer Marianna.

MARCEL

A propos, chère amie, tu ne sais pas que ce petit Félicien fait des folies pour une fille qui ne peut pas le souffrir.

MARGUERITE

Est-elle jolie ?

MARCEL

Passable, tout au plus. Tiens, la voilà.

MARGUERITE

Que de diamants !

MARCEL

C'est lui qui a donné tout cela ; sa famille est dans la consternation ; je te quitte un instant ; j'ai rendez-vous chez Frontin avec des amis.

MARGUERITE

Je vais faire le tour du lac ; je viendrai te reprendre.
(Quelques instants après Félicien se penche à la portière :)
— Et vous, madame, n'accepterez-vous jamais rien de celui qui n'adore que vous ?

MARGUERITE

Eh bien ! apportez-moi demain un bouquet de violettes d'un sou.

TROIS MOIS APRÈS

MARCEL

Madame, je reçois une lettre anonyme qui ne laisse pas que de me chiffonner un peu.

MARGUERITE

Parlez à cœur ouvert.

MARCEL

Le misérable prétend que tu as des bontés pour
l'amant de Marianna.

MARGUERITE, *attendrie*

Ingrat ! L'amant de Marianna, n'est-ce pas toi ?

MARCEL

Comme tu es bonne !

MARGUERITE

Notre rôle à nous, n'est-il pas toujours de rendre
le bien pour le mal ?

MARCEL

Et dire que j'étais assez bête pour avoir des soup-
çons ! *(A Sublimé-Pacha, en présentant sa femme et
Félicien.)* Madame de Vïgneul, ma femme. Monsieur
de Rubenpreuil, mon meilleur ami !

POURQUOI ON A BRULÉ PARIS

I

Un jour bien curieux vient de se faire sur l'épilogue des œuvres de la Commune : l'incendie de Paris.

Pendant quelque temps, on avait pu croire que cette destruction savante de nos principaux monuments par le pétrole, cette huile subalterne qui demande à jouer un rôle supérieur; on avait pu croire, dis-je, que cette réduction en cendres des beautés de Paris était une œuvre de haine et d'ignoble vengeance.

Les débats des conseils de guerre ont rétabli le vrai sens de ces actes, qui semblent destructeurs au premier abord, et auxquels, après examen, il faut reconnaître un caractère éminemment conservateur.

Respect aux pseudo-vandales ! Inclinez-vous devant ces faux Erostrate ! Saluez ces prétendus Omar.

Et vous, ennemis des prolétaires, qui aviez jadis

une voiture à huit ressorts, et que la justice du peuple oblige enfin à marcher à pied, apprenez ceci, qui va vous confondre :

Les incendies qui ont consolé Paris — j'allais dire désolé — du 25 au 28 mai 1871, doivent être attribués à la bienveillance.

Je m'explique.

II

Procédons par ordre ; on ne saurait déployer trop d'attention à ne pas méconnaître ses véritables bienfaiteurs.

Quel mobile guidait le peintre Courbet quand il commença par le déboulonnement de la colonne, cette œuvre nationale qui s'appelle l'anéantissement de Paris ?

Une pensée artistique.

Le peintre ordinaire de Khalil-Bey, l'adversaire déclaré de Raphaël, trouvait que la colonne de la place Vendôme, avec son *bonhomme* au sommet, était une mauvaise copie de la colonne Trajane.

Il ne faut pas, surtout quand on est quelque chose dans la direction des beaux-arts, laisser subsister des monuments d'un goût douteux.

De cette conviction éclairée naquit chez l'intraitable Franc-Comtois la résolution patriotique de jeter par terre, comme un monceau d'ordures, cet amas de bronze qui chantait faux pour lui les gloires de la France ; y compris la statue de ce faux génie qu'on appelait Napoléon Ier, et qu'il appelait, lui, avec ce dédain dont on ne trouve le secret qu'à Ornans : *un bonhomme.*

Bonhomme appliqué à Napoléon Ier, le mot est original, mais un peu vif.

On ne met pas le feu à du métal; sans cela, on aurait brûlé ce cylindre pestiféré.

En tous cas l'exemple avait du bon; déjà de généreux publicistes s'étaient plaints de l'architecture de la maison de M. Thiers.

— Quel style, avaient-ils dit, et quel service à rendre à l'Art que de débarrasser la place Georges de cette informe bâtisse.

Des maçons furent requis pour cette noble entreprise, et le premier coup de pioche résonna fièrement dans tous les cœurs.

Seulement, c'est bien long, la pioche; un orateur insinua adroitement que le feu était un agent bien autrement actif, et la grandeur du pétrole apparut à tous les yeux.

On tenait à protester contre l'uniformité de la rue de Rivoli; on brûla le ministère des finances, construction bourgeoise qui déparait l'angle de la rue Castiglione; de là cet ordre si beau dans son laconisme : *faites flamber finances.*

Depuis longtemps on souffrait de la lourdeur du bâtiment affecté au conseil d'Etat et à la Cour des comptes; toujours mue par un scrupule artistique, la sainte canaille alluma ce dépôt de moellons, indigne de voir l'an 78 de la République.

4

Les Tuileries soulevaient chez les purs de l'incendie des critiques unanimes.

— On a défiguré l'œuvre de Philibert Delorme, s'écriaient-ils avec indignation, ne gardons pas cet édifice hybride qui offense le goût si délicat de la Renaissance, et on fit flamber ce palais, déshonoré sans doute par le séjour des rois et des empereurs, mais où Mme Bordas avait chanté.

Vous souvenez-vous de cet assassin célèbre — vous pourriez l'avoir oublié, il y en a tant — auquel on demandait pourquoi il avait tué de gaieté de cœur un homme qui ne lui avait rien fait.

— Que voulez-vous, répondit l'assassin, il était grêlé.

C'est un peu ce que répondraient volontiers aujourd'hui les incendiaires brevetés de la Commune.

— Pourquoi avez-vous mis le feu au Palais-Royal ?

— La maçonnerie manquait de légèreté.

— Vous avez apporté dans l'intérieur de Notre-Dame des barils de pétrole pour brûler la cathédrale de Paris.

— Monsieur le président, Notre-Dame m'a toujours paru d'un ordre un peu trop composite ; j'avais cru cette exécution nécessaire.

Il y a là évidemment plus que des circonstances atténuantes ; il perce dans ces actes criminels en apparence une piété du beau qui touche au fanatisme, mais qui commande le respect.

Les pétroleurs sont tout bonnement les grands-prêtres de l'Art qui ont voulu en finir avec des temples indignes de leur religion.

Notre-Dame, le Palais-de-Justice, les Tuileries, ces chefs-d'œuvre factices, devaient disparaître devant la majesté du goût exercé par le peuple souverain.

Allez voir si l'on a brûlé les caboulots des boulevards extérieurs, qui sont des merveilles de grâce et de proportion.

A-t-on livré aux flammes vengeresses une seule de ces colonnes utiles et modestes qui, le long des boulevards, servent à supporter les affiches de théâtres ?

A-t-on pensé à mettre le feu à la salle des Folies-Bergères, encore toute chaude pourtant du plus ardent patriotisme ?

Non, le peuple est aussi grand qu'il est juste ; il ne promène la torche incendiaire que pour purifier ; il ne touche pas à ce qui est irréprochable.

Je propose la création d'un édifice qui ne courra jamais le risque d'être livré aux flammes ; un monument expiatoire à la mémoire de Raoul Rigault.

Il faut bien qu'un précurseur méconnu, que Troppmann, qui doit être à Londres avec Félix Pyat, s'il revient parmi nous, ait quelque part un endroit où il puisse aller dire ses prières.

LA GRÈVE DES MAITRES

I

Hier, un de nos nouveaux Césars, un prolétaire distingué, se présente dans un café pour perfectionner son état d'ivresse.

Le limonadier, qui était évidemment de l'ancien régime, se permet de présenter à ce puissant consommateur quelques considérations respectueuses.

— De quoi ! répond le fougueux client en défonçant libéralement l'estomac du ci-devant, des remontrances à moi ! Tu ne sais donc pas que je suis Souverain.

Quelques suppôts de l'ancien pouvoir, je veux dire des sergents de ville, eurent beaucoup de mal à prononcer la déchéance provisoire du monarque.

O gué ! la démagoguette, ô gué !

Comme nous passions rue Drouot, nous vîmes un charretier, mécontent de la Société assurément, et qui se vengeait sur ses chevaux de dix-huit siècles et

4.

demi d'oppression ; — il avait surtout à se plaindre des Carlovingiens.

Un des hommes du poste de la mairie se permit de le rappeler à l'observation de la loi Grammont.

— Les lois, merci ! c'est moi qui les fons : nous sons Souverains.

Cette épidémie de Souveraineté commençant à devenir inquiétante, et devant gagner prochainement les tyrans qui jusqu'ici s'appelaient hypocritement : nos domestiques; destinés que nous sommes, nous autres, à devenir les sujets de trois millions de rois qui vont monter sur le trône de leurs frères, et menacés un jour de dire à notre cocher :

— Je prie Votre Majesté de daigner atteler pour trois heures.

Je propose un moyen pratique d'en finir avec ce despotisme qui consiste à nous établir les *gens* de nos *gens*.

Je demande la *grève des maîtres*.

II

Qui n'a pas remarqué, même avant tous ces avénements, l'impossibilité croissante de se faire servir?

Sous prétexte que leurs aïeux nous ont trop aimés (ô Lafleur ! ô Bourgogne ! ô Lisette ! où êtes-vous?), les valets de chambre et les cuisinières modernes nous couvrent de leur exécration ; ils ont tellement peur d'obtenir un accessit de vertu, qu'ils exigeraient volontiers des certificats de scélératesse.

On ne peut plus sonner itérativement une femme de chambre sans qu'elle ne soit prête à vous dire :

— Une fois était assez : est-ce que vous me prenez pour une esclave ?

Si l'on ose hasarder près de son maître d'hôtel quelques observations sur la disparition d'un Chambertin de la Comète, il est capable de vous répondre :

— Eh bien oui, monsieur, c'est moi et mes camarades qui venons de l'achever : nous n'avons pas voulu laisser dans votre cave du vin qui avait connu nos devanciers quand ils étaient dans les fers.

La Fontaine a constaté jadis — pour la France seulement — une vérité qui n'est point à notre honneur :

> Notre ennemi, c'est notre maître.

En Angleterre — pays libre, de l'aveu des régicides brevetés — le *famulus* existe encore : un homme ne se croit pas déshonoré pour battre vos habits et vous passer une serviette ; rien de plus digne, de plus correct, et qui se tienne mieux à sa place, que le serviteur britannique. Cette féroce égalité et cette plate envie qui dévorent chez nous les subalternes lui sont absolument étrangères. — Il obéit avec célérité et souplesse comme le bouton d'un timbre électrique ; il ne pense pas toujours à *ses droits*… il songe quelquefois à ses devoirs.

En Suisse, — pays libre, de l'aveu des Montagnards les plus élevés au-dessus du niveau de Belleville, — les domestiques sont d'un commerce si agréable, que je sais à Paris beaucoup de bonnes maisons qui les font venir tout exprès des cantons d'Uri ou d'Unterwalden ; un membre de la république helvétique ne rougit pas de faire votre salon à fond ou de vous répondre poliment.

En France, tout le monde a horreur de sa fonction : le bureaucrate auquel on demande un renseignement, vous le passe en rechignant ; l'ouvrier à qui le patron glisse un conseil, pâlit comme s'il était offensé dans sa dignité ; enfin, le faux libéralisme a prêté à cette expression si simple et si confiante : *domestique,* c'est-à-dire *esse in domo,* être de la maison, un sens humiliant et insurrectionnel.

III

Pour couper court à ces impitoyables et pitoyables revendications, je mets aux voix le projet suivant :

Nous servir nous-mêmes serait une concession ou une faiblesse ; fournissons un exemple plus mâle et plus fier.

Servons-nous les uns les autres à tour de rôle, et passons-nous de domestiques jusqu'à ce que ces Souverains aient abdiqué.

Tous les mois, dans chaque arrondissement, on tirera au sort, exactement comme pour le jury, les noms des maîtres qui devront, pendant une saison, aller se mettre en service chez leurs pairs ; ces noms seront publiés dans les journaux conservateurs ;

c'est ainsi qu'on lira dans la *Livrée*, organe officiel des hommes libres :

ı Pour octobre 1873

« M. le duc et Mme la duchesse de Maufrigneuse.

« Le prince de Glébizonde, M. Ernest Havet.

« Lord Wendland, M. le général Slang.

« Scévola de Martigny, insurgé en retraite, etc., etc. »

Et l'on mettra sa gloire, fût-ce les plus grandes dames, à ceindre le tablier blanc ; fût-ce les millionnaires les plus hautains, à se montrer courtois, attentif et dévoué près des *patrons* que le sort nous aura imposés.

Quelle leçon à la vanité brutale, si un représentant de la vieille noblesse se trouvait envoyé chez un parvenu et vernissait ses bottes avec autant de grâce que de soumission.

Quelle bonne fortune, si une duchesse rencontrant sur l'escalier Mlle Josépha, congédiée pour récidive d'insolence, pouvait lui dire :

— Voilà vingt jours que je vous ai remplacée, et je n'ai pas encore répondu mal à madame !

Ah ! il est indigne d'un citoyen de manier le plumeau ou la brosse ! Eh bien ! Sires, — au pluriel, — vous verrez des messieurs qui ont des fleurs de lys dans leur écusson brosser avec déférence le paletot d'un démocrate.

Ah ! il est infamant de porter la livrée ! Vos Majestés auront le spectacle de citoyens qui pourraient rester couverts devant les rois, et qui, circulant autour de la table, en grand costume de valet de pied, demanderont respectueusement au plus obscur des petits bourgeois :

— Branne-Mouton ou Musigny ?

Et ce sera un charme exquis de se sentir restauré par la fleur des maîtres elle-même tout ce qui était l'honneur de l'ancienne domesticité : le zèle, la probité et le bon ton.

Il est entendu d'avance qu'aucun murmure n'aura lieu à propos de l'accomplissement de cette mission réparatrice ; la devise doit être pour ces soldats de la dépendance : *Perindè ac cadaver*.

On aura le droit, comme à la cour d'assises, de récuser un allié ou un ennemi personnel.

La discipline la plus parfaite sera de rigueur. Ainsi, peut-être dans un mois d'ici, vous rencontrerez dans une cour, par hasard, le prince et la princesse de Mauléon.

— Prince, demandez-vous, voulez-vous que je vous enlève demain pour Bade, où il y a un congrès de ténors ?

— Impossible, mon cher, ce serait me débaucher ; j'ai ma voiture à laver et mes deux chevaux à panser : je suis palefrenier jusqu'au 15.

Vous vous retournez du côté de la princesse :

— Vous avez promis de donner huit jours à ma femme, quand vous exécuterez-vous ?

— Attendez que je sois à son service : je fais des ménages. Tiens, voilà Monsieur qui me sonne.

On voit apparaître une tête d'ancien Constituant :

— Eh bien princesse, voyons, ce café.

— Voilà, monsieur, voilà !

Et l'on apercevra, — consolant tableau ! errer parmi les rues des files de domestiques des deux sexes qui viendront tout rêveurs frapper à la porte des bureaux de placement.

———

LES HASARDS QUI N'EN SONT PAS

I

Quand la publication des bans nous révèle ces espèces de calembours ménagés par le destin, exemple :

M. *Rideau,* impasse du Petit-Œil, 21, et Mlle *Croisée, même maison.*

M. *Cordon,* rue d'Aboukir prolongée, 307 *bis,* et Mlle *Sonnette, même maison ;*

On ne manque jamais de crier au phénomène ; on se dit : Est-ce assez extraordinaire de voir *rideau* et *croisée* se réunir, et *sonnette* aller trouver *cordon !*

Eh bien ! l'on prend ici l'effet pour la cause. C'est justement ces noms, s'appelant entre eux par la force des choses, qui ont déterminé des unions auxquelles on ne pensait point.

Julie Croisée, fille d'un riche préparateur de picrate, était fort éloignée de penser à Alphonse Rideau, pianiste pour tout faire ; mais à force d'entendre dire autour d'eux :

— Franchement, une *Croisée* ne peut pas se passer

de *Rideau*, les parents de Julie finirent, un soir, par inviter Alphonse; ils étaient curieux de voir de près l'homme qui, de par l'état civil, semblait déjà faire partie de leur famille.

Alphonse avait une taille mince, des cheveux énormes, un regard d'aigle en cage; il plut, il fut agréé de la jeune fille.

En vain M. et Mme Croisée, au désespoir, menacèrent de se faire sauter à l'aide de leurs produits — ce qui leur était si facile, — Julie tint bon, et on posa le *rideau* comme un candidat des plus avancés.

Depuis ce temps, le pianiste *pour tout faire* ne fait plus rien du tout; heureux contemporains!

Histoire analogue pour le brun *Cordon* et la blonde *Sonnette*.

Nelly Sonnette était la plus jolie fille à marier de la rue d'Aboukir prolongée; ses parents, gens sévères, mais justes, avaient fait une fortune remarquable dans les dépuratifs à l'usage des nouvelles couches.

Or, qu'est-ce qui demeurait porte à porte avec eux?

Un viveur fini, un vaurien, qui passait son temps à jouer la poule au café du Delta, Stanislas Cordon, surnuméraire chez un photographe; il occupait un majestueux placard à côté du grand appartement des deux notables; à chaque instant on les dérangeait en leur disant :

— M. et Mme *Cordon*, s'il vous plaît, je veux dire *Sonnette?*

On pensa à faire donner congé à Stanislas; il était

au mieux avec la concierge; de guerre lasse on l'invite un jour à dîner; huit jours après il fuyait avec Nelly, et un télégramme, expédié à Boulogne-sur-Mer, autorisait cette monstrueuse alliance.

II

Que vous dirai-je encore? Je suis tellement pénétré de cette doctrine, que j'espère, grâce à elle, rendre service au fils d'un ancien ami.

Je rencontrai dernièrement Anselme F..., abattu comme un poitrinaire de 1830.

— Qu'as-tu, mon cher sportman, lui demandai-je; serais-tu déjà inconsolable de la décadence de ton temps; penserais-tu à l'avenir rêvé par Théophore Budaille?

— Il s'agit bien de billevesées, répondit ce jeune homme de cheval; j'aime une délicieuse jeune fille, destinée à un riche Américain; je n'ai pas même l'espoir d'être présenté à la famille.

— Comment s'appelle-t-elle?

— Clarisse Leséchoir.

— Et elle demeure?

— 33, avenue des Ouvriers de la pensée.

— Eh bien, tu vas quitter le nom de tes pères et prendre le pseudonyme de Lingefray : je ne donne pas six semaines avant que *Leséchoir* et *Lingefray* ne deviennent inséparables; favorisons, mon cher Anselme, les tendances des atômes crochus.

Trois jours après, Clarisse, une héroïne de roman,

qui s'est teint les cheveux dès sa sortie du couvent, montait, en compagnie d'une de ses amies, le splendide escalier qui mène à l'appartement de sa famille, quand elle rencontra vers la dernière marche un jeune élégant coiffé à la Capoul et portant si élégamment ce qu'on appelle : une *suite,* qu'on a refait pour lui le mot célèbre : *de ta suite j'en suis !*

— Quel est donc ce monsieur, demanda-t-elle tout bas à sa femme de chambre.

— Un nouveau locataire, M. Lingefray.

— Tiens, *Lingefray ;* toi qui t'appelles *Leséchoir,* fit observer l'amie.

Et Clarisse rentra toute rêveuse chez elle.

Jamais elle n'oubliera ce nom qui complète si bien le sien.

A quand le mariage ?

Je les bénis tous deux et leur souhaite de devenir l'*Homme-Femme* rêvé par A. Dumas fils.

HISTOIRE D'UN JEUNE HOMME

QUI VOULAIT FAIRE DES ÉCONOMIES

I

Comme il avait cinq mille cent soixante-quinze
francs de rente, et qu'on le surprenait souvent en
coquetterie avec des gants frais, ses bons camarades
ne se gênaient pas pour le déclarer plus riche que le
marquis de Westminster, lequel possède un peu
moins de quarante millions de revenu.

S'être trouvé un jour avec cinq louis dans sa poche
près d'un homme qui n'avait sur lui que cent sous,
vous constitue un titre à l'envie bien plus énergique
que les immenses fortunes qui passent fièrement à
cent pieds au-dessus de toutes les malveillances.

On vous pardonne très-bien d'être un nabab, on
ne vous pardonne jamais de ne pas être tout à fait
un pauvre.

Si on avait trouvé un porte-monnaie sur Job, rien
que le scandale d'une pareille découverte eût bien
plus indigné les peuples que tous les trésors de Crésus.

Cependant, Porphyre, c'est le nom de notre souffre-douleur, ne pouvait monter sur tous les toits pour crier :

— Vous me croyez opulent, il n'y a pas de galfâtre, en ce temps de béatitude pour les maçons, qui n'ait plus d'argent que moi à manger par jour.

On l'assassinait périodiquement avec ces formules perfides :

— Cinq cents francs, pour vous ce n'est rien, mon cher ; pour moi, ce serait une année de tranquillité, je compte sur votre amitié pour me rendre ce petit service.

— Monsieur Porphyre, nous vous avons inscrit sur notre liste pour deux cents francs ; nous savons que les indigents n'ont pas de meilleur ami que vous.

— Que trente sous de pourboire ? vous, monsieur Porphyre, vous n'êtes pourtant pas un *rapiat*.

Grevé de tous ces impôts directs qui épuisaient son capital, Porphyre, las d'être magnifique, prit un grand parti ; il voulut se faire des économies.

II

Il se conforma d'abord au précepte fameux : *Il n'y a pas de petites économies.*

Il allait aux bains comme tout le monde, sans songer aux réductions artificielles du tarif.

Il prit des *cachets* ; on lui en vola deux ou trois, il en perdit quatre ou cinq, et ses bains lui revinrent juste au double de ce qu'il les payait au temps où on l'appelait prodigue.

Il se donnait jadis le plaisir d'entrer, à l'heure qui lui convenait, chez le coiffeur qui se trouvait le plus commodément sur son passage ; pour se faire raser à meilleur marché, il s'astreignit à rester chez lui tous les matins, et à y attendre le Figaro du quartier, qui lui avait imposé un abonnement de six mois.

Or, il fit à cette époque la connaissance d'une personne plus aimable à coup sûr que respectable, mais qui devait avoir une grande influence sur son avenir ; elle lui déclara qu'elle ne le tolérerait que s'il portait sa barbe entière.

Abonné platonique, Porphyre se vengea des cent vingt francs que devait lui coûter son économie de treize francs vingt-cinq centimes, en faisant raser tous les matins son concierge, le plus touffu des hommes.

Il ne prit plus de voitures ; la nature, se dit-il, a donné des jambes à l'homme, ce n'est pas pour circuler perpétuellement en fiacre ; ses bottines, qu'un usage modéré rendait presque immortelles, durèrent à peine l'espace de six semaines.

Au bout d'un an Porphyre avait économisé pour quatre cent trente-trois francs de voitures, mais il avait manqué pour près de mille écus d'affaires et usé pour cent pistoles de chaussures.

Il composa avec sa conscience d'homme élégant : Quand je remettrais le matin, se dit-il, une chemise fine que je n'ai endossée que la veille au soir, où serait le péril pour la société ?

Ce fut quelques jours après ce beau raisonnement qu'il sortit, et rencontra précisément à cent pas de chez lui une jeune héritière à laquelle on devait le présenter.

Mais la porte de la maison lui resta positivement fermée : en donnant cinq louis à la femme de chambre (son économie de blanchissage devint ainsi des plus dispendieuses), il parvint à savoir le mot de l'énigme.

Quand on en était venu à parler de lui, Mlle Suzanne avait dit, après l'énumération de tous les mérites de Porphyre; ce simple mot :

— Linge douteux !

Linge douteux ! lui qui avait *affirmé* tant de fine toile d'une entière blancheur, lui qui, par sa débauche de plastrons vierges, aurait fatigué jusqu'à la lessiveuse mécanique !

III

Dégoûté du monde, après ce déboire inique, Porphyre prit un grand parti : il quitta l'excellente rue Taitbout, où, moyennant un prix très-humain, il se trouvait au cœur de Paris, pour aller planter ses pénates tout en haut de la rue de Novogorod.

— Cinquante écus de moins à donner à chaque terme sont une considération, se disait-il avec l'apparence du discernement.

Les premiers soirs allèrent bien : le temps était superbe, la lune engageante, et Porphyre faisait

allègrement les six kilomètres et demi qui le sépa-
raient du boulevard ; puis Paris redevint, avec l'automne, cette ville *de boue et de fumée* dont parlent les
voyageurs, et l'ermite du quartier neuf se dit : Après
tout, je puis bien, pour une fois seulement, ne pas
me refuser une voiture.

Insensiblement, il se laissa aller à se faire recon-
duire chez lui par un cocher bienveillant ; au bout
d'un semestre, il avait dépensé six cent soixante francs
de fiacre.

Son économie se traduisait par une augmentation
de dix-huit louis dans sa dépense générale, sans compter une perte sèche d'heures infiniment précieuses.

Ce fut sur ces entrefaites qu'il reçut, pour se consoler, une excellente pièce de Saint-Estèphe, qu'il
avait commandée avant ses projets de réforme. Quand
on vint lui demander quelle qualité de bouchons il
voulait pour la mise en bouteilles :

— A quinze francs le mille, c'est très-suffisant,
s'écria-t-il avec le désir féroce de se rattraper.

Ce liége de pacotille communiqua un goût amer
au liquide, et le Saint-Estèphe devint imbuvable,
même pour les domestiques.

Porphyre avait économisé treize francs sur les
bouchons, mais il avait perdu trois cent soixante-
quinze francs sur le vin.

Décidé à mourir dans l'impénitence finale, il pré-
féra courir la chance d'un procès au lieu d'accepter
une transaction à l'amiable qui dégarnissait à peine
son porte-monnaie.

5.

Il alla trouver un petit avocat pas cher du tout, mais qui lui fit galamment perdre treize mille six cents francs et des centimes; seulement, ses honoraires étaient si modestes !

Porphyre en fit une maladie assez sérieuse; et comme on parlait de lui amener un prince de la science :

— Pas de grand médecin, fit-il en interrompant son délire : le docteur du quartier suffira.

On se rendit donc chez un officier de santé qui occupait le cinquième d'une maison en train d'être expropriée.

Le coût de ses visites à domicile n'était que trois francs, mais il ne connut rien à ce cas difficile et traîna son patient six grands mois pour une affection qui n'eût demandé que six semaines, si Porphyre avait appelé Sée ou Frémy.

Les eaux de Monaco lui furent impérieusement ordonnées pour sa convalescence par une femme légère qui se vantait d'être somnambule.

Il restait à Porphyre un capital de soixante-dix-huit mille francs pour toute fortune.

— Ah ! c'est comme cela ! s'écria-t-il en se réveillant comme d'un rêve saugrenu, ah ! les économies me réussissent si bien ; attends, va, Fortune !

Et méprisant le chemin de fer, notre héros se rendit à Monaco en chaise de poste avec cinq domestiques en grande livrée.

A Dijon, au lieu de lui présenter des *nonnettes*, on vint lui proposer une superbe affaire de terrain.

A Lyon, une grande dame, le prenant pour un prince *in partibus*, lui fit secrètement offrir un trône.

A Monaco, les croupiers se levèrent respectueusement à l'aspect de ce seigneur si magnifique, et la Fortune, qui ne prête aussi qu'aux riches, n'osa pas lui refuser ses faveurs : un homme qui, pour venir de son hôtel au palais de la Conversation, faisait atteler quatre chevaux de dix mille francs pièce !

Porphyre fit trois fois de suite sauter la banque éperdue. Le bruit se répandit qu'il donnait cinq louis de pourboire, comme on donne vingt-cinq centimes, et qu'il disait aux femmes : Prenez donc un rubis, comme on dit aux hommes : Prenez un cigare !

En rentrant à Paris, il acheta un hôtel en plein boulevard et fit poudrer ses gens, jusqu'à son maître d'hôtel, égalitaire farouche qu'il apprivoisait par une grosse somme d'argent placée sur la tête de sa maîtresse.

La haute banque s'émut ; les Bichoffsheim, les Mallet, les Oppenheim n'osèrent plus faire un emprunt sans y comprendre un personnage qui jetait l'or par tant de fenêtres.

Porphyre a aujourd'hui cinq millions qui ont l'espérance d'être pères.

Quand des jeunes gens le consultent sur le chemin à suivre pour arriver à la fortune, entre deux bouffées d'un *Régalia* qui est à la Havane ce que le *Régent* est aux pierreries, il leur murmure :

— Voulez-vous vous enrichir ? Ruinez-vous !

LES HOMMES NOUVEAUX

I

Dans une des rares pièces de Labiche qui n'aient pas réussi, *la Rue de l'Homme-Armé, n° 4 bis*, il y a une réflexion philosophique qui nous a toujours profondément frappé.

Un des personnages, rempli d'illusions, annonce à son confident ordinaire qu'il vient de faire une nouvelle maîtresse.

Et l'ami répond :

— Une *nouvelle*, c'est presque toujours l'*ancienne* d'un autre.

N'est-ce pas là un peu l'histoire de ces *idées neuves* dont croit devoir s'éprendre ce pétaudier de pays, quand il s'applaudit comme d'une conquête d'obtenir un rendez-vous de la Constitution de l'an III, ou d'être admis à chanter une sérénade sous les fenêtres du Babouvisme ?

Magistrature élective, divorce, indifférence d'Etat en matière de religion, crime de *modérantisme*, réapparition des clubs, autant de *nouvelles* qui sont les *anciennes* des autres.

Cette délicieuse personne à la voix aigre et au teint vert que nous affichons avec tant d'orgueil, c'est la maîtresse de Robespierre.

Cette truande, dont nous sommes fier d'obtenir les faveurs, c'est la femelle à Marat.

Ces trois Grâces en bonnet phrygien, ce sont les Furies de la guillotine.

Mais ces vieux lieux communs révolutionnaires vous sont servis avec un petit air pédant, supérieur et hautain qui en fait presque des primeurs.

Cette défroque qui revient à la mode suffit presque à vous constituer le titre indispensable, à l'heure qu'il est, pour exister :

Homme nouveau ! . . .

II

Vous vous appelleriez aujourd'hui Sully ou Turgot, Vauban ou Bossuet, que je vous défierais d'avoir les mêmes chances qu'un inconnu qui est pur de tout service rendu à l'Etat.

Un infortuné a-t-il été un grand orateur ou un grand ministre ? on lui dit sévèrement :

— Nous connaissons votre dossier, monsieur; il est trop glorieux pour que nous consentions encore à penser à vous.

Les électeurs ne badinent pas; il leur faut des chevaliers de la Table-Rase.

Les électrices ont cessé de rire; il est inutile maintenant de se présenter dans une famille libérale, si l'on n'est pas un *homme nouveau*.

— Croyez-vous en Dieu? mon cher Scévola, demandait dernièrement un *irréconciliable* au candidat à la main de sa fille.

— J'ai cet honneur.

— Mon gendre, tout est rompu !

— J'espère, disait ces jours-ci un gros épicurien qui n'a jamais rien fait à un porteur d'eau qui sollicitait sa pratique, que vous êtes pour le droit au travail.

L'honnête Auvergnat allégua quelques considérations contre cette idée forcément *neuve*, puisqu'elle n'a jamais servi.

— A l'avenir, frère dénaturé, reprit le millionnaire, mes domestiques n'y seront plus pour vous !

Un de nos plus mauvais tailleurs se présente dernièrement chez un *indépendant* et lui présente sa carte d'échantillons.

— Mais, réplique avec quelque indécision la pratique du tiers-parti, je ne sais si je dois... Ma famille se fait habiller depuis notre dernière révolution par Emmanuel, le fournisseur des rois détrônés.

— Monsieur ne sait donc pas que je suis *déterministe*, fait avec une noble fierté l'industriel qui relève la tête.

— Oh ! alors, si vous êtes un *homme nouveau*, c'est bien différent; prenez-moi la mesure d'une paire de carmagnoles.

On nous cite un voyageur pour les vins qui obtient en ce moment d'immenses succès dans trois départements limitrophes.

Il ne s'amuse pas, pour vendre une misérable caisse de Bordeaux, à exécuter, comme quelques-uns de ses confrères qui sont des premiers prix du Conservatoire, une sonate de Haydn ou de Mozart; il ne s'abaisse point à exhiber des lettres de recommandation.

Il a trois prix : ce qu'il vend huit cents francs à un légitimiste, il le laisse pour sept à un orléaniste, et il le passe pour quatre à un radical; il prétend ainsi *rougir* la province. Quand il dit : Monsieur le duc, c'est un prix fou; quand on lui laisse dire : Citoyen, il fait des concessions.

O la belle langue de 93, si nous pouvions la ressaisir !

A l'heure qu'il va être, un jeune homme qui voudrait parvenir n'aurait rien de mieux à faire que de crier tout haut dans un bal, à une dame qui laisserait voir la naissance de ses hanches :

— Citoyenne, je te rappelle à la pudeur.

Il serait immédiatement classé comme *homme nouveau*.

III

A quoi rêvent certaines jeunes filles de la récolte de 1873?

Est-ce encore à un Roméo qui leur dirait d'une voix ardente : « *J'ai des espérances,* c'est le rossignol, « ce n'est pas l'alouette ! »

Est-ce à l'idéal de l'année dernière : au mortel qui a autant de millions que d'années ? Iront-elles encore cueillir leurs fiancés parmi les gens admis à prendre leur retraite ?

Est-ce à l'artiste de génie, comme il y a trente ans ?

Non, Roméo, Crésus, Phidias, ce sont les *anciens partis du mariage.*

Depuis le bouillonnement des urnes électorales, les jeunes filles ne rêvent plus qu'à *l'homme nouveau.*

On les entend dire à leurs compagnes :

— Comme Alfred devance le vingtième siècle, ma chère ! Il vient de m'écrire qu'il entend que nos enfants ne soient pas baptisés.

— Que tu es heureuse, ma bonne Marthe ! Moi, j'ai un père qui refuse de me donner à un petit jeune homme qui a déjà été onze fois martyr ; si tu savais comme il est charmant ! Il parle une langue tout à fait nouvelle ; il dit : *le faubourg Antoine* et *Pélagie.* Il a commencé par être employé de chemin de fer ; mais, même sous l'uniforme administratif, il ne reniait pas ses généreuses convictions ; à la station de Saint-Denis, il criait tout bonnement aux portières : *Denis ! Denis !*

— A propos, tu sais qui on va porter dans le Var ?

— Un *homme nouveau,* j'espère bien.

— Un garçon de vingt ans, qui s'est révélé comme un véritable maître à la réunion du Casino-Cadet. Il a demandé que tous les Français soient majeurs jusqu'à vingt et un ans, et mineurs le reste de leur vie. Pour faire de jeunes choses, assure-t-il, il faut des jeunes gens.

— Tu sais qu'on a renvoyé Geneviève du couvent ? On lui écrivait en cachette.

— Qui ça ?

— Karl Marx. On a trouvé sur elle un portrait d'une *nouvelle couche*. Elle ne veut épouser qu'un *agitateur*.

— Nous, nous avons donné congé à notre femme de chambre : elle était cléricale.

— A propos, tu sais ce qu'ont répondu la grande Bamboula et Mme de Gustavier à leurs maîtres et seigneurs. La grande Bamboula a été surprise par son Russe en tête-à-tête avec un Polonais sans refuge ; Mme de Gustavier avait caché dans son armoire un de ses plus utiles danseurs ; l'amant et le mari en titre se sont écriés :

— Corbleu ! messieurs, que faites-vous ici ?

La cocotte et la cocodète ont répondu avec une candeur toute patriotique :

— Que voulez-vous, mon cher ? En France, nous avons tellement besoin *d'hommes nouveaux !*

VALÈRE

ou

LE JEUNE AVEUGLE

LA REVANCHE DE GIRAFFIER

I

C'était, il y a quelques années, dans une très-grande ville dont le nom importe peu à cette histoire; qu'il vous suffise de savoir qu'un fleuve qui a ses petits débordements tout comme un autre, traverse *Anonymopolis* dans toute sa largeur; que l'art et l'industrie ont jeté sur ce cours d'eau toutes les variétés de ponts, et qu'enfin, à la bienheureuse époque qui nous occupe, la plupart de ces ponts étaient encore décorés de ces statues vivantes qu'on appelle des aveugles, avec les attributs traditionnels : la clarinette et le caniche.

On serait, en effet, moins inquiet de voir remuer le bronze d'Henri IV que de surprendre la moindre infraction à l'immobilité chez un de ces Quinze-

Vingts externes; un aveugle patenté qui bouge, c'est un contre-sens plus choquant qu'un Arlequin stationnaire.

Il faisait ce jour-là un vrai soleil de fête. Tout le monde était aux courses, où la présence de plusieurs nègres de distinction surexcitait encore la curiosité générale; on rencontrait encore quelques personnes sur les boulevards, mais les quais étaient absolument déserts. Il fallait que l'émule de Giraffier, dont le poste était au pont des *Quarante,* connût bien mal son métier pour passer tant de temps loin de sa clientèle. Son excuse se trouvait dans son âge : ce n'était pas un grognard, mais un conscrit de la cécité industrieuse. Evidemment cet aveugle, rose, ingénu, débutait dans l'emploi : son instrument sortait de chez le luthier, son chien manquait encore de gravité; Valère, ou le jeune aveugle, devait payer cher tant d'inexpérience !

II

Vers cinq heures de l'après-midi, comme l'air fraîchissait, un jeune homme, mis avec une certaine recherche, — suivant l'expression de rigueur pour les faits divers, — apparut sur le pont des *Quarante.*

Il était fort pâle et interrogeait alternativement l'espace et les flots, semblant vouloir s'assurer qu'il n'était pas vu, et en même temps se familiariser avec l'abîme.

L'aveugle, auquel rien n'échappait de ses mouvements, le vit sortir de sa poche une obligation de chemin de fer qu'il baisa avec ferveur, reconnaître une dernière fois qu'il était bien seul, faire un geste qui signifiait :

— Oh! l'aveugle! c'est comme s'il n'y avait personne! puis enfin enjamber le parapet et se précipiter dans le fleuve.

L'instinct de l'humanité l'emporta chez Valère sur la plus vulgaire prudence; prenant à peine le temps de déposer sa clarinette, il piqua à son tour une tête sublime à la place même où l'infortuné venait de s'engloutir; dégrisé subitement de son exaltation par la fraîcheur de l'eau, il se repentit amèrement de son incroyable étourderie et eut un moment la pensée d'accomplir pour son propre compte le suicide qu'il voulait empêcher.

Ce revirement, aussi ridicule que la perfidie d'un pompier qui mettrait le feu ou d'un gendarme qui demanderait la bourse ou la vie, répugna très-vite au bon sens de Valère; d'ailleurs, quoique son existence fût manquée, il tenait à ses jours. Si bien que, curieux après tout de savoir si un bienfait n'est jamais perdu, il plongea résolûment.

On les vit reparaître tous deux, disparaître, se montrer encore.

— Laissez-moi donc mourir tranquille, criait le jeune homme que nous appellerons Karl, si vous n'y mettez pas d'opposition.

— Il fallait dire cela plus tôt, criait plus fort Valère.

— Lâchez-moi donc !

— Un inconnu dans l'embarras, jamais !

Cependant, cette lutte aquatique avait fini par trouver des témoins ; des appels de détresse retentissaient de toutes parts, des barques arrivaient sur le lieu du sinistre, et comme il suffit de quatre personnes pour former le noyau d'un rassemblement, tout *Anonymopolis* se pressa bientôt sur la berge.

Une immense clameur de délivrance retentit enfin.

— Sauvé ! sauvé !

On entourait les deux héros de ce drame émouvant ; on félicitait Valère, on plaignait Karl.

— Pourquoi avancer si prématurément l'heure de votre trépas ? demandait M. Prudhomme.

— N'ayez pas peur, je recommencerai, répondait le ressuscité ; j'ai le dégoût de ce monde ; je ne comprends pas qu'on consente à habiter votre planète à moins d'avoir deux cent mille livres de rente.

On haussait les épaules et l'on se tournait du côté de Valère.

— Homme admirable ! belle âme !

L'éloge ne tarissait pas.

Tout d'un coup on apprit que ce bienfaiteur de l'humanité n'était autre que Valère, le nouvel aveugle du pont des *Quarante*.

— Mais alors il voyait donc clair ?

— C'est un chevalier d'industrie !

— Il nous a trompés !

— Qu'il rende l'argent !

— Ma carrière d'aveugle est perdue ! murmure douloureusement Valère. Et moi qui ai acheté le fonds si cher ; toutes mes économies y ont passé ! Laissez-moi mourir !

— Je vivrai pour vous, dit Karl à haute voix. Venez, mon ami ; si vous êtes destitué comme aveugle, c'est à moi qu'il appartient de vous rendre une position.

III

Le jour même, Karl, qui n'avait jamais fait œuvre de ses dix doigts depuis sa naissance, entrait dans une administration des plus sérieuses.

Au bout de quinze jours il était appointé et partageait fraternellement ses émoluments avec Valère, qui se promenait en soupirant sur le pont des *Quarante* où l'attendait une situation si brillante !

Au second trimestre, Karl se trouvait en état de mettre l'ex-jeune aveugle dans ses meubles ; seulement, à la fin de l'année, à force de faire des chiffres, lui qui les avait en horreur, l'honorable martyr était devenu aveugle.

Cécité trompeuse ! car jamais les organes de la vision n'avaient paru si intacts ! jamais son regard n'avait été plus clair et plus vif.

Ce fut le lendemain de cette terrible épreuve que Karl fut nommé surveillant de première classe.

Comment avouer à la société, à ses chefs, qu'il avait perdu la vue ? Heureusement Valère était là :

Karl l'appela impérativement auprès de sa personne ; le faux aveugle devait y voir pour le faux clair-voyant.

Lorsqu'on disait à Karl :

— Comment trouvez-vous ce paysage ?

Valère avait une série de mouvements de coude qui lui faisait répondre :

— Charmant ! ou un peu triste, ou bien grandiose.

— Que pensez-vous de madame une telle ?

— Un peu retouchée pour une toile de maître.

Parfois, grâce à Valère, Karl avait des accès de franchise qui pouvaient le compromettre.

— Incline à la bienveillance, mon cher, lui dit-il ; une fois pour toutes, j'aime mieux me tromper à mon profit qu'à mes dépens.

C'est Valère qui reconduisait les visiteurs ; on s'étonnait un peu de la présence de ce tiers inévi-table.

— Sans lui, je ne puis rien faire, répliquait Karl, qui disait ainsi la vérité en riant ; et, comme on n'avait rien à lui refuser, on passait par-dessus ce caprice.

Le destin mit fin à cette fausse situation : Karl a été opéré à l'étranger, mais l'oculiste n'a réussi qu'à moitié ; un coup de feu dans une partie de chasse a enlevé un œil à Valère.

Aujourd'hui, l'ex-faux aveugle et l'ex-faux clair-voyant sont borgnes tous les deux.

LES FAUX CHEVEUX

On a, surtout dans notre pays, la rage de vouloir toujours corriger les ridicules.

Le plus sage ne serait-il pas de les laisser mourir de leur belle mort ? Un ridicule qu'on attaque est un ridicule qu'on prolonge, la vanité se trouvant intéressée à le défendre.

Cette manie de moraliser à propos de bottines ne serait-elle pas elle-même la plus sotte des impertinences ?

Voyez ce qu'on a gagné à contrarier chez les femmes le goût des faux cheveux !

Ce n'est plus de timides additions qu'elles se permettent maintenant à ce que leur a donné la nature ; nous n'en sommes plus à l'heure bénie ou de modestes *crépés*, — ne pas dire : *crépons*, comme certaines personnes, — faisaient paraître plus épaisse la chevelure un peu mince.

6

Aujourd'hui les femmes s'annexent des forêts capillaires ; c'est un immense déboisement de têtes qu'elles provoquent à leur profit.

Jadis, on entendait parler de loin en loin d'une jeune fille pauvre, qui, pour soutenir une famille éplorée, avait vendu ses cheveux aux coiffeurs.

En l'année de grâce féminine 1872, je ne m'étonne que d'une chose, c'est qu'il reste à une seule jeune fille pauvre, ayant à se dévouer pour une famille éplorée, de quoi seulement aller consulter une somnambule.

Une boucle de cheveux, c'était une bagatelle, il y a dix ans encore ; depuis la mode des occiputs rembourrés, c'est un fonds de réserve.

C'est certainement cinquante francs qu'on vous donne et je prévois le moment où les spéculateurs se feront des capitaux en centralisant les coupes de cheveux des pensionnats de demoiselles.

Qui sait si un jour le fléau de la dévastation prenant plus d'intensité, on ne sera pas forcé d'ordonner que toutes les mèches gardées comme des reliques au fond des tiroirs fassent retour à la masse.

La France dans ses moments de pénurie envoyait bien son argenterie à la Monnaie ! Comment résister à l'injonction d'une femme qui écrirait cette petite circulaire :

« J'ai été célèbre ; j'ai été adorée ; mes cheveux blonds faisaient l'admiration de toute l'Europe qui avait les yeux fixés sur moi ; pour calmer des désespoirs faciles à comprendre, j'ai éparpillé les tresses

de ma chevelure ; j'ai distribué sans compter ; il y a
de mes tresses les plus précieuses qui se promènent
en Poméranie ou dans l'Ukraine. Aujourd'hui que
la Mode d'abord, et l'âge ensuite m'ordonnent de
porter perruque comme tout le monde, il me répugne
de m'adresser à des tiers pour parfaire ma tête.
O vous qui vouliez mourir pour moi, vous qui me
disiez dans votre exil : Laissez-nous au moins quelque chose de vous ; collectionneurs qui me suppliiez
de vous confier un échantillon de cette rare nuance,
seigneurs de tous les pays, rendez-moi mes cheveux !

« C'était un dépôt ; ce n'était pas un don.

« Et avec ces petits trophées, qui pour vous n'ont
plus d'importance, je pourrai avoir encore une
saison d'éclat ! »

Il faudrait être bien barbare pour refuser !

A moins que, de même qu'on se défait maintenant
tous les dix ans de ses curiosités et de ses tableaux,
les don Juan du xixᵉ siècle ne finissent par faire des
ventes de cheveux.

Vers 1972, peut-être le monde reviendra-t-il, nous
ne le croyons guère, à la simplicité primitive ; peut-
être les femmes comprendront que ces encombre-
ments postiches nuisent plus qu'ils ne servent à
l'effet de leur beauté ! Mais, en attendant, soyez
sûrs que toutes les considérations philosophiques ne
changeront rien à la force des choses. Il faut laisser
passer les torrents. La crinoline a isparu un jour,
non pas sous le feu des épigrammes, mais parce

qu'elle avait fait son temps ; il est encore trop tôt pour que ces crinières féroces, dont nos sœurs et nos filles prétendent se faire un ornement, aillent rejoindre les manches à gigot et les turbans.

En vain on a voulu effrayer les femmes. Des savants qui devaient souffrir dans leur ménage de ce surcroit de dépense (une grosse natte faisant diadème vaut 400 francs, pas une obole de moins), des savants, dis-je, ont soutenu qu'une sorte d'oïdium, que je demande à ne pas définir, frappait les chevelures rapportées ; les dames, selon eux, s'exposaient aux périls les plus compromettants si elles continuaient à se parer des dépouilles d'autrui.

Le beau sexe n'a fait que rire de ces alarmes et a répondu à ces terribles pronostics par un redoublement de capitonnage capillaire.

Ce ne sont plus des nattes qu'elles portent derrière la tête, ce sont des matelas de quatre à cinq pouces de diamètre, représentant la valeur de plusieurs toisons.

Si bien que dernièrement, à ce qu'on nous assure, une jeune femme, mariée depuis six semaines, étant tombée de la hauteur d'un troisième étage, fut miraculeusement préservée.

On s'attendait à la trouver brisée, méconnaissable; elle se releva pimpante et radieuse.

Le choc avait porté sur l'énorme touffe de cheveux qu'elle avait achetée la veille, et, faut-il le dire, sur des hanches factices qui, comme un bourrelet de sauvetage, avaient amorti le coup.

L'économie de sa chevelure avait seule souffert ; mais quelle douce surprise quand, après avoir fait une chute de soixante-quinze pieds de haut, au lieu d'avoir à appeler le médecin, on peut se contenter de faire demander le coiffeur !

Il y a dix ans, à la même époque, la crinoline, en formant parachute, avait également sauvé les jours d'une élégante qui, en regardant dans la rue du haut d'une terrasse, avait perdu l'équilibre.

Et l'on vous méconnaît, et l'on vous calomnie, ô crinoline, ô faux cheveux ! Bienfaiteurs de l'humanité ! la postérité vous vengera !

Si encore les femmes y mettaient de l'hypocrisie, mais quelle aimable sincérité dans ce jeu de la toilette et du hasard ! Dernièrement Mme de *** vient voir une de ses bonnes amies.

— Ma chère Julie, je viens vous chercher pour aller à l'Exposition ; nous n'avons pas un moment à perdre, ma voiture est en bas.

— Laissez-moi le temps de passer mes cheveux et je suis à vous, répondit Marthe avec une candeur qui charmait d'autant plus que deux visiteurs étaient présents.

Et cette autre petite maîtresse qui criait dernièrement à sa femme de chambre :

— Adèle, passez-moi donc mes sourcils qui sont sur ma cheminée.

Péché caché est à moitié pardonné ; péché avoué ne mérite-t-il pas le pardon tout entier.

6.

Un jour, n'en doutez pas, nous ne verrons pas cela, mais nos fils en seront témoins, les femmes retourneront à la simplicité de leurs trisaïeules. Voici déjà que la mode vénitienne des cheveux rouges se passe un peu ; de grâce, laissez les quelques brunes en retard s'amuser à devenir blondes pour un été ou deux. Si nous recommencions ce procès fait à la teinture, nous verrions les femmes, poussées à bout, arborer les cheveux rose-thé ou bleu de Perse. Le ridicule dort, ne le réveillons pas.

SAGESSE ORIENTALE

D'UN MARI D'OCCIDENT

I

En ce temps-là, c'était le 7 juillet 1867, il y eut cependant un mari parisien qui remporta sur sa femme une victoire bien flatteuse.

Il savait par expérience, ce sceptique, que toutes les considérations philosophiques ne changent pas un *iota* au courant des choses, il était convaincu que les moralistes refroidissent pour la morale comme les chevaliers du lustre pour une pièce nouvelle ; quant aux satiriques, loin de leur attribuer une utilité, il les considérait au contraire comme un péril ; le *fouet de Juvénal* lui paraissait suspect, attendu qu'il y a des sociétés qui prennent à être fouettées le même plaisir que certaines dames à être battues.

Il se rappelait notamment le *fiasco* célèbre de M. Dupin à propos de la toilette des femmes ; en général, les lois sont faites pour être contrariées ;

mais quand même on mettrait les *cocodettes* en état
de siége, je défie de trouver un dictateur assez hardi
pour tenter l'application d'une loi somptuaire ; la
crinoline, par exemple, n'a dû le renouvellement de
ses pouvoirs qu'aux attaques dirigées contre elle ;
si les effrontés qui croient devoir jouer le rôle d'*an-*
ciens Romains à une époque où tout le monde entend
être Lucullus ou Luculla, si dis-je, ces messieurs qui
se croient contemporains de Mucius Scœvola, n'a-
vaient pas soufflé un mot, nos compagnes auraient
renoncé cinq ou six ans plus tôt à cette fausse
apparence hydropique que leur donnait le ballon-
nement exagéré des robes.

Or, Mme Gustave, — nous demandons la permission de l'appeler par le petit nom de son mari, —
Mme Gustave était douée de la plus magnifique
chevelure du monde, et elle s'obstinait à édifier sur
sa jolie tête une tour de Babel de faux chignons et
de nattes postiches à croire qu'elle avait scalpé toutes
ses ennemies ; en outre, sa chevelure primitive était
du châtain le plus précieux, et elle avait pensé se
conformer à l'esprit de son siècle en la confiant
au teinturier pour la rendre couleur abricot ; troi-
sièmement, Mme Gustave avait reçu de la nature,
qui ne s'attendait guère à toutes ces dépravations du
goût, une paire d'oreilles délicieusement ourlées,
et d'une délicatesse mignonne tout à fait rare. Eh
bien ! elle s'obstinait à déformer cette fragile merveille en y suspendant, sous prétexte de boucles
d'oreilles, des engins formidables qui fatiguaient

les lobes et déplissaient le *pavillon :* réductions de
lampes modérateur, scarabées lutinant des timbres-
poste, successions de trapèzes en miniature avec un
Léotard à l'extrémité, bref, toutes les inventions
fécondes du génie moderne appliqué à la bijouterie.

Rien au monde ne pouvait enfin guérir Mme Gustave de la manie de porter, à l'instar des jockeys et
des figurants moyen âge dans les vieilles pièces
romantiques, des manches coquelicot, par exemple,
tandis que le reste du vêtement était bleu de Prusse.

Le chef de la communauté ne fit aucune observation sur ces déplorables tendances, mais profitant
de la présence des Orientaux à Paris pour risquer
une parabole, comme au temps des prophètes, voici
ce qu'il imagina :

Mme Gustave avait envie de mille et une choses,
entre autres d'une maison de campagne ; il lui fit un
jour la surprise de la mener à Ville-d'Avray, dans
une ravissante bonbonnière entre cour et jardin, et
il dit à sa femme : « Ma chère amie, tout ceci est à
vous. » Mme Gustave adorait les fleurs, sa première
visite fut pour ses chers rosiers et ses glycines
bien aimées.

Le premier jour elle voulut faire un bouquet ; on
la vit, armée d'un ciseau, couper follement les plus
belles roses qui s'offrirent à ses yeux ravis, puis
emporter radieuse à Paris ce trophée d'une seconde
lune de miel.

Elle se fit également un grand plaisir d'aller
cueillir sur l'espalier des pêches superbes encore

tièdes de soleil, et des poires telles qu'on n'en contemple qu'aux étalages célèbres.

Rentrée dans son coquet appartement de la rue Auber, comme elle devait le soir avoir du monde à dîner, elle disposa elle-même son dessert. Une corbeille surmontée de cette inscription : *Fleurs de mon jardin*, parait le milieu de la table ; aux deux bouts, deux assiettes de fruits étiquetées comme les fleurs dressaient leurs pyramides.

Au moment suprême, Mme Gustave fit les honneurs de sa double récolte. On était entre intimes.

— Ma chère Julie, s'écria tout d'un coup une des invitées, quelle idée avez-vous donc de m'offrir une rose en batiste ?

— Et moi, mon excellente bonne, reprit une autre amie, quelle fantaisie te prend de me décerner une poire en poirier ; comme imitation, c'est parfait, mais comme aliment, je proteste.

— Cependant, observa un troisième convive, voici une vraie rose.

— Et cette pêche, ajouta un voisin, appartient très-légalement à l'ordre végétal.

C'était, en effet, le mariage du faux et du vrai, cette monstrueuse mésalliance que les femmes accomplissent tous les matins par le ministère de leur coiffeur.

Mme Gustave regarda son mari d'un air inquiet et rougit.

La seconde fois qu'elle alla à Ville-d'Avray, on avait organisé une partie de cheval dans les bois ;

M. Gustave faisait courir comme tout le monde et ses écuries étaient garnies pour une grande réception.

Mme Gustave donna l'ordre de faire avancer les montures. Horreur ! *Cunctator* était passé au rose, *Prorogation* avait la robe gris-perle, et *Confucius*, l'alezan favori de la maîtresse de la maison, paraissait safran de la tête aux pieds ; on ne pouvait plus penser à sortir avec ces coursiers burlesques.

Mme Gustave dévora une ou deux larmes de rage et regarda de nouveau son mari.

A quinze jours de là, elle trouva tous les gens de son service ayant, comme dans la *Tour de Nesle,* un *inexpressible* de deux couleurs.

— Quelle est cette mascarade, Jean ? dit Mme Gustave à son valet de chambre.

— Nous suivons les instructions de monsieur, répondit Jean en s'inclinant ; augmentés ou chassés, nous n'avions pas le choix.

Mme Gustave alla changer de corsage.

Enfin, le 7 juillet, ainsi que nous l'avons dit plus haut, M. Gustave fit attacher au plafond de cachemire du joli boudoir de sa femme un énorme lustre qui descendait jusqu'à terre ; on était obligé de ramper pour pouvoir passer par dessous.

Après un dîner de garçon, M. Gustave recevait une grande caisse à son adresse, contenant :

1° Plusieurs *forêts* de faux cheveux ;

2° Seize paires de boucles d'oreilles de gros calibre

3° Trente corsages bigarrés ;

4° Un assortiment de flacons contenant des mixtures mystérieuses.

Et le soir même Mme Gustave, dépouillée de ses vains ornements, revenue à sa nuance normale, mise avec un goût parfait, et jurant un peu tard qu'on l'y reprendrait encore, embrassait courageusement son mari.

L'apologue avait opéré le miracle que tous les sermons du répertoire eussent été impuissants à essayer.

On se rappelle que chez les Orientaux le *silence est d'or*. S. M. le Sultan, qui pourrait, s'il lui plaisait, faire ainsi un emprunt sur le silence de ses sujets, touché de voir un Français appliquer la sagesse musulmane au redressement des folies européennes, a daigné envoyer à M. Gustave l'ordre du Medjidié.

LETTRE A LA PRINCESSE FÉLICIE

NAINE DU CIRQUE DES CHAMPS-ÉLYSÉES

———

Altesse,

Vous êtes la personne du plus petit format connu, une édition de femme à mettre dans la poche, mais un véritable Elzévir, et je sais beaucoup de bonnes âmes qui s'attendrissent sur cette application de l'in-18 à la taille humaine.

Moi je dis : Que vous êtes heureuse !

Vous qui êtes lettrée, Altesse, vous avez peut-être vu ce chef-d'œuvre de la librairie, un Horace un peu plus grand que l'ongle, et imprimé avec une désespérante netteté ; une *satire* occupe trois milli-mètres de vélin ; une *ode* tiendrait dans une majus-cule ordinaire ; c'est toute la grâce et tout l'esprit du

7

monde sous un volume lilliputien; on dirait le pain quotidien devenu globule.

Eh bien ! croyez-vous que les quelques gens sensés qui restent dans un temps où l'anarchie arrive en vélocipède, ne préfèrent pas ce diamant de bibliothèque à ces grands niais d'in-octavos qui demandent des camionneurs pour être maniés, et où l'on démontre que Charlemagne était une grande incapacité méconnue, et saint Louis le roi des viveurs ? Pardon, Altesse, j'allais parler politique, comme si je m'adressais au général Tom-Pouce, qui aujourd'hui donne tout comme un autre des leçons au pouvoir ; j'ai hâte de revenir à vous, qui êtes pour de bon ce que Molière appelait pour rire :

... un abrégé des merveilles des cieux.

Si M. Thiers vous toisait par-dessus l'épaule, d'un air qui signifierait : je mangerais bien quinze dynasties sur la tête de cette enfant-là, répondez-lui que vous avez le droit d'être plus fière de votre exiguïté que l'illustre orateur de ses proportions démesurées, et dites-lui : Passez votre chemin, colosse !

En effet, dans tous les genres la *nainerie* n'est-elle pas absolument à la mode ?

Est-il permis à une véritable élégante d'avoir un chien qui soit plus vaste qu'une souris ? Mais, à l'heure qu'il est, on est en train de comprimer des bichons à la Martinique pour arrêter leur croissance. Le comte d'Artois — un affreux tyran — disait, quand on lui apportait sa culotte collante : « Si j'y entre, je ne la prends pas. » Nos grandes dames du lac s'écrieraient volontiers : Si j'aperçois mon chien sans le secours d'une longue-vue, je le rends au marchand.

Quelle est, Altesse, le modèle de montre le plus en honneur dans cet an de disgrâce? Un soupçon d'horlogerie qu'on renferme dans un médaillon de bracelet : on fait maintenant des chronomètres qui n'ont pas tout à fait la grosseur d'une noisette; notre société veut se venger d'avoir porté si longtemps ces vilains *oignons*, qui étaient un véritable fardeau et transformaient les gens de plaisir en hommes de peine.

Le mérite des chapeaux de femme, ç'a été long-temps de ne plus devenir que des atômes : la coiffure des poupées d'il y a dix ans semblerait trop considérable pour les grandes personnes d'aujourd'hui.

Quel est de tous les oiseaux le plus recherché, le mieux nourri, le moins assassiné? Belle demande : l'*oiseau-mouche*.

Ah! si l'on parvenait à imaginer des baleines infinitésimales qui tourneraient dans un bocal comme des poissons rouges, et si l'on découvrait des éléphants King's-Charles, vous entendriez, princesse Félicie, les transports de l'humanité.

Ce qui est petit n'est que gentil; ce qui est minime est délicieux.

Quelle bonne fortune pour vous d'avoir été traitée par la nature avec une si magnifique parcimonie

dans un gredin de siècle où l'espace est si disputé et
où la nourriture est un luxe si dispendieux !

Au moins vous pouvez respirer dans nos misé-
rables appartements, et cette fois le contenu n'est
pas plus considérable que le contenant : six mètres
carrés vous semblent l'infini, un pot de fleurs joue
à vos yeux l'effet d'un Grand-Trianon ; vous pourriez aller retrouver votre place au balcon sans répéter quinze fois de suite : « Pardon, Madame ! » Pour
vous un interstice est un monde.

En chemin de fer, vous ne devez évidemment
payer que le dixième de place : une coupe vous ser-
virait de baignoire ; avec une aile de colibri vous
feriez quatre repas ; que d'économies vous allez réa-
liser !

Et puis de quelle optique privilégiée vous êtes
appelée à jouir, princesse Félicie ! Vous risqueriez
de vous perdre dans une touffe de réséda, et sans
quitter votre balcon, vous êtes *en forêt;* pour vous
il n'y a plus d'aztecs ; cette motte de terre qui borne
Paris au nord devient pour votre regard prévenu les
Alpes-Montmartroises, et quand on vous demande
combien il y a de parties du monde, vous répondez :
Quinze mille, à commencer par le nez d'Hyacinthe.
L'échelle de votre vision centuple pour vous les
merveilles.

Le chanteur le plus usé vous paraît un tonnerre,
et il faudrait presque inventer pour vous le *para-
ténor.* Le Mançanarès, ce fleuve si renommé par son
manque d'eau, vous seule ne le plaisantez jamais,

vous qui avez failli vous noyer un soir pour être tombée dons une carafe.

Une ombre attriste votre joli front; vous craignez pour l'avenir; vous pensez que le bonheur commun n'est pas fait pour vous.

Rassurez-vous, princesse; je sais en ce moment un très-bel homme qui aspire à votre main et qui vous a déjà donné tout son cœur.

C'est le géant du café des *Onze mille Vierges*, à Cologne.

Il a neuf pieds et demi d'élévation; mais comme le produit des extrêmes est égal à celui des moyens, et que votre maximum d'élévation avec vos talons les plus à pic est à peine de quarante centimètres, vos enfants pourraient bien n'avoir pas la taille requise pour la conscription.

Encore un bénéfice pour votre maison.

Seulement, le géant Atar-Troll hésite encore à se déclarer; il vous reproche un léger défaut.

Il vous trouve un peu grande.

Si ce mariage ne s'accomplit pas, si vous devez rester fille, je sais peut-être pour vous un plus bel avenir que celui d'être mère de fils trop courts pour la patrie.

Notre gracieux pays est un peu humilié de ne pas avoir eu de révolution depuis dix-sept mois; il rêve le retour de cette salutaire période où la Convention était l'intendante des clubs et des sections, où les fortes émotions du Forum remplaçaient les bagatelles du salon; j'ai entendu dire qu'on devait décidément abattre les cathédrales après les avoir fait photographier par Carjat.

Si les beaux jours de 93 doivent revenir, je m'engage, princesse Félicie, à vous proposer pour tenir l'emploi de déesse de la Raison.

DEUIL ET DEMI-DEUIL

I

A la même date consacrée, Paris expie par une cour de vingt-quatre heures qu'il fait aux morts, l'adulation qu'il prodigue aux vivants pendant le reste de l'année. Cette fois-là, par hasard, ce sont les *présents* qui ont tort et les *absents* qui ont raison; le cimetière a plus de monde que le salon; les moins tendres renouvellent les fleurs de ce jardin funèbre; les tombes retrouvent une fraîche parure, on apporte de jeunes larmes aux vieux trépassés.

Je comprends qu'aux abords de ce qu'on nomme si improprement les *champs du repos*, puisque leur sol est toujours inquiété par l'envahissement des villes; je comprends, dis-je, qu'au seuil de ce dernier domicile frappé aussi d'expropriation, le Décès, ce personnage civil, exploite pour ainsi dire la vie. Les couronnes d'*immortelles* (il n'y a plus qu'à cette immortalité-là que le fier dix-neuvième siècle daigne

croire) et jusqu'aux guirlandes de verre filé ne dé-
plaisent point à quelques pas des caveaux de famille ;
les assortiments de croix consolent plus qu'ils n'at-
tristent, et l'on devrait appeler cette voie utile : *Rue
de l'Humilité*. — Chose étrange ! aucun de ces grand[s]
artistes qui *opèrent eux-mêmes* n'est venu s'établir là :
ils avaient pourtant une enseigne toute trouvée :
Photographie mortuaire, et ils n'auraient pas eu besoin de dire à leurs modèles : *Ne bougeons plus !*

II

Mais ce qui se conçoit beaucoup moins chez nous,
qui tenons les défunts à distance et ne mêlons pas,
comme chez les Anciens, les habitations aux mauso-
lées, c'est cette sinistre menace que nous lancent à
la porte des mairies des boutiques borgnes qui semblent badigeonnées à l'encre, et sur les vitres des-
quelles on lit : *Billets de mort* en deux heures. —
Robes teintes en noir à la minute.

Messieurs les survivants, vous êtes bien pressés ;
ces cas de deuil foudroyant sont presque ridicules ;
il n'y a pas de choléra de la bienséance.

De quel droit l'industrie vous impose-t-elle ce
brutal rappel au néant ; des jeunes filles passent
rieuses et roses au bras de leur mère ; des époux de
la veille qui se promettaient un bonheur sans fin,
traversent sans méfiance ce quartier perfide ; des
mères qui viennent de bercer leur premier enfant,
forment déjà, chemin faisant, de beaux rêves d'ave-

nir, et il faut que tous ces heureux qui caressent les longs espoirs aient les yeux désolés. par cette affiche sans pitié : *Billets de mort en deux heures.*

Passe encore dans ce noble pays d'Amérique, où la vente des cercueils fait partie de la mercerie; mais en France, quelle impolitesse faite à la Vie par la Mort, qui a pourtant bien le temps d'attendre !

N'en voulez-vous pas aussi à ces marchands d'ombrelles qui, au milieu des élégances de leur vitrine, exhibent avec austérité des sticks surmontés de *têtes de mort* en ivoire. O la philosophie introduite dans les objets usuels, quelle lourde moralité ! Boire du champagne dans un crâne, ne voilà-t-il pas un précieux enseignement? Pourquoi ne pas avoir un domestique en costume de surnuméraire des pompes funèbres, galonné d'argent sur fond noir, et qui viendrait vous dire à haute voix, au milieu d'un dîner où vous auriez du monde :

— Monsieur m'a chargé de lui rappeler qu'il était poussière et qu'il devait retourner en poussière.

— C'est bien, Joseph; j'y penserai.

III

Enfin, est-ce que les piétés posthumes ne sauraient pas s'exercer, est-ce qu'une robe noire ou un collier de jais ne pourrait pas se vendre sans que d'immenses devantures croient devoir se mettre en deuil elles-mêmes avec ces enseignes poignantes : *Au Cinéraire; — au Saule pleureur ?*

7.

Alors il faut, pour être conséquent, que les employés versent des larmes en vous voyant entrer, et que les demoiselles se composent le visage sur votre physionomie :

— Mademoiselle Hermance, voici une voiture qui s'arrête avec deux dames qui ont les yeux rouges, reprenez l'expression du plus profond désespoir.

— Monsieur Lucien, pas de calembourgs s'il vous plaît; apprêtez-vous à être abîmé de douleur.

— Vous, mademoiselle Isméric, qui ne respectez rien, vous ne servirez plus désormais les personnes au-dessus du quatrième degré de parenté. Au moindre sourire que vous laisserez échapper, vous serez à l'amende.

— Mais, monsieur, je ne pourrai donc pas quitter le noir et sortir un peu; j'ai une *suite* écossaise qui me va si bien !

— Si vous êtes sage, le premier dimanche de l'autre mois, on vous permettra d'aller vous promener, à Méry-sur-Oise, avec un croque-mort qui a toute notre confiance.

Parfois, cette mise en scène élégiaque se trouve changée quand on a affaire à des héritiers impertinents.

Deux jeunes gens, en veston abricot, en cravate rose, en pantalon pistache, entrent dans le magasin de deuil, le teint enluminé, le monocle à l'œil, le cigare aux lèvres.

— Mademoiselle, font-ils d'un ton jovial, en s'adressant à une jeune personne qui avait déjà pris

un air pénétré, nous venons d'enterrer notre oncle,
et nous venons chercher, pour notre sœur, une douzaine de cols marins avec une bordure noire et des
manchettes pareilles.

Et, pendant qu'on les sert, le premier neveu dit
au second :

— Ce Clos-Vougeot 51 est excellent; il est bien
pénible de le voir partir; en voilà un que je serai
fâché de perdre.

Et Mlle Ismérie, qui écoute ces propos indiscrets,
réprime si mal un accès de gaieté nerveuse que tout
le personnel, d'abord interdit, finit par manquer
d'éclater.

Sur ces entrefaites, entre brusquement une dame
en bonnet noir, que cette hilarité générale décon-
certe et scandalise; c'est une veuve inconsolable;
elle vient de perdre son troisième mari, et elle n'entend pas raillerie sur ce chapitre. Ce n'est pas elle
qui se contenterait d'une simple laine noire : il lui
faut du gros crêpe, quelque chose comparable en
matière de tissu à ce que le pain bis est au *pain
riche*, comme on dit maintenant dans les restaurants
en vigueur. — On devra écrire à la fabrique pour la
fournir suivant son goût; — en attendant, on lui
parle à voix basse de peur de réveiller sa blessure.

— Ah ! dit-elle au trottin qui paraît très-convena-
blement navré, je vous prie de croire que je ne me
remarierai pas.

Et l'on entend une voix gémissante qui soupire :

— Alphonse, passez-moi l'*extra-noir*.

IV

Le dernier jeune homme timide que possède l'Europe, appelons-le Fabien, pour ne pas le déshonorer, arrivait il y a quelques années de Châtellerault, sa ville natale. Fabien n'aspirait pas aux grandeurs : il était employé au *Gaz électrique* de sa province et venait passer ses vacances à Paris.

En passant par une rue qu'on démolissait pour prendre une rue qu'on allait démolir, notre héros aperçut une délicieuse jeune fille en grand deuil avec un carton sous le bras.

Une expression de chagrin tout frais altérait sa figure intéressante.

— Pauvre enfant, se dit Fabien, elle vient de perdre sa mère ; que je serais coupable de lui avouer combien sa vue a fait impression sur moi.

Et il repartit pour Châtellerault, ce Genève de la coutellerie.

En 1867 il revint, et au même endroit il retrouva la jeune fille toujours en grand noir ; une mélancolie plus sévère encore rembrunissait son front charmant ; au détour d'un amas de matériaux, elle se mit à sangloter.

— Son père vient de rejoindre sa mère au tombeau, pensa Fabien ; le temps n'est pas encore venu de lui adresser même une parole de condoléance, et il prit le train du soir qui devait le ramener dans sa patrie.

En 1868 il fit son voyage annuel. Cette fois il ne rencontra pas la jeune désespérée.

— Elle est morte elle-même, fit-il avec amertume ; les voilà tous les trois réunis dans la même *concession*.

Enfin, en 1869, Fabien, au moment où il s'y attendait le moins, vit reparaître dans ce qui fut la rue des Colonnes la demoiselle de ses pensées.

Elle portait une robe gris-perle ; ses traits reposés n'annonçaient plus qu'une douce résignation ; Fabien se décida à lui ouvrir son cœur.

— Mademoiselle, dit-il, je sais tout, vous avez eu plusieurs séries de deuil, vous êtes orpheline, il y a trois ans que vous pleurez, voulez-vous me permettre de diminuer vos regrets en les partageant ?

— Mais, monsieur, répondit l'aimable enfant avec un grand éclat de rire, pour qui me prenez-vous donc ? J'ai mes père et mère. Je n'ai jamais perdu qu'un bengali d'occasion.

— Ces vêtements noirs que vous avez portés depuis si longtemps ?

— Je suis deuxième demoiselle au *Cinéraire*.

— Vous avez donc quitté la partie, puisque vous avez changé de costume ?

— Non, je suis au *Demi-Deuil* depuis huit jours.

— Et ces grosses larmes que j'ai surprises...

— Mon Dieu, monsieur, on n'était pas content de moi au magasin ; le sous-chef de rayon me disait sévèrement : « Qu'auriez-vous fait, mademoiselle, si à Rome, autrefois, on vous avait destinée à l'état de *pleureuse ?* » Alors j'étudiai les larmes, comme les actrices étudient le rire ; quand vous m'avez vue, je repassais mon rôle : aujourd'hui, je m'attendris tout de suite avec les clients.

— Moi, qui vous croyais triste !

— Moi, monsieur ! je suis la joie de la maison ; c'est moi qui mets tout en train.

— Ce détail me ravit ; voulez-vous me permettre d'avoir l'honneur de demander votre main ?

— Mais, monsieur, je suis mariée et mère de deux enfants.

— Déjà ?

— Vous savez, le progrès !

— Oh ! madame, soutenez-moi, je vous adore et je vous perds.

— Perte douloureuse ! Lisez beaucoup de *faire-part,* cela vous guérira.

— Tenez, mes yeux deviennent humides.

— Voyons, je suis bonne ; voulez-vous que je pleure avec vous ?

CORNÉLIA

On était réuni ces jours-ci dans un château du XVᵉ siècle, dont l'aspect menaçant donnait presque envie de faire des toilettes féodales. Comment habiter décemment, avec des vestons et des *saute-en-barque*, une résidence hérissée de tourelles et de ponts-levis? Encore le costume des femmes se trouve-t-il un peu plus à l'unisson, puisqu'elles daignent porter des jupes crénelées.

Les premiers froids d'automne resserraient autour de la vaste cheminée de la salle d'armes le groupe des invités; le vent grondait dans les corridors, les girouettes grinçaient, le ciel était noir, on racontait gaiement des histoires lugubres, on s'interrompait pour feindre d'avoir entendu des bruits de chaînes dans l'appartement voisin, on assurait avoir salué des revenants la nuit dernière. Le courant était aux légendes, quand un jeune sceptique demanda la parole; il était fort tard, mais on n'osait plus s'aller coucher; les dames s'apprêtèrent à frémir, et le narrateur commença le récit suivant.

I

Il y a trois ans, jour pour jour, arrivait dans une ville d'Autriche dont je n'essayerai pas de prononcer le nom, un jeune homme fort distingué auquel son médecin venait de commander impérieusement le tour du monde, car mon héros se trouvait menacé d'un *spleen* galopant qu'on ne pouvait combattre que par une distraction énergique; les Indiens de cabinet de lecture auraient été singulièrement dans le vrai en l'appelant le *visage pâle*; car Melchior (c'était un de ses noms) était aussi blanc que si la vie s'était déjà retirée de son être; deux yeux noirs étincelants ajoutaient encore à l'effet de ce teint blême; il n'est plus de mode aujourd'hui de sortir avec un *front fatal;* ce n'est pas notre faute si Melchior retardait de vingt ans sur ses contemporains.

Il devait prendre, en passant, un ami d'enfance qui lui était dévoué jusqu'à la mort et qui devait l'accompagner dans son pèlerinage universel.

⮳ Puisque tu n'es pas le Juif-Errant, et que tu as le droit de te reposer, tu nous donneras bien quelques jours, avait dit Wilhelm au voyageur; encore faut-il que tu voies nos Holbein et Cornélia.

— Qui cela, Cornélia ?

— Une Pisane merveilleuse qui, restée veuve

d'un riche Magyar, préfère galamment l'Autriche
à l'Italie et désespère tout le monde par sa coquetterie infernale ; Célimène était une bonne fille à
côté de ce démon.

Melchior eut un geste qui signifiait :

— J'en ai vu bien d'autres !

— Je te la donne pour un phénomène, reprit
Wilhelm, qui s'attendait à ce premier mouvement
de scepticisme ; nous la verrons ce soir au Grand-
Théâtre ; si je suis un mauvais montreur de curiosités, tu me casseras aux gages.

II

Il était huit heures et demie et l'ouverture du
Freyschütz venait de finir quand Cornélia fit son en-
trée ; la salle se retourna tout entière vers elle,
comme par un mouvement électrique.

Cornélia n'était pas belle, c'était la Beauté elle-
même ; la pureté de lignes d'un modèle antique, une
grâce de patricienne, une expression de traits qui
tenait à la fois de la violence et de la caresse.

En prenant lentement possession de son avant-
scène, elle jetait, suivant sa coutume, un regard dé-
daigneusement distrait sur ce public qui ne valait
pas son attention, quand dans une baignoire en face
de sa loge, elle rencontra deux yeux ardents fixés
sur elle et qui lui causèrent une impression étrange.

C'était Melchior qui venait de retrouver la foi
dans la vie en contemplant cette sublime apparition.

Quelque habituée qu'elle fût aux importunités de l'admiration, Cornélia ne put dissimuler avec son éventail une rapide rougeur, et chacun de désigner le mystérieux personnage qui avait eu le don d'opérer ce miracle.

Après le premier acte, elle disparut.

Wilhelm félicita Melchior de l'effet qu'il venait de produire.

Le lendemain ils se rencontrèrent à la promenade; Cornélia, dès qu'elle aperçut l'inconnu de la veille, fit prendre à sa voiture une autre direction.

Evidemment elle le craignait, puisqu'elle le fuyait.

Une semaine s'écoula; Melchior ne parlait plus de quitter la ville; la rumeur publique était que Cornélia avait enfin trouvé son maître; comme elle avait blessé les amours-propres, on applaudissait à cette bonne nouvelle.

Ils se retrouvèrent une après-midi au cimetière; Cornélia était agenouillée et priait; Melchior était debout derrière elle.

Elle le vit et se releva en poussant une plainte étouffée; Melchior, la sentant défaillir, la soutint, et lui dit d'une voix grave :

— Vous me haïssez donc ?

— Je le voudrais, répondit-elle, avec une dureté qui le frappa.

— Jurez-moi de devenir ma femme, ou nous mourrons tous les deux.

Cornélia leva la main devant un crucifix :

— Dans dix jours, dit-elle, vous serez mon mari.

III

Tout était préparé pour la cérémonie ; l'église s'apprêtait à recevoir les deux époux, quand on annonça que, décidément, Cornélia refusait de quitter ses habits de deuil, qui lui allaient si bien. Sa porte redevenait close pour tout le monde.

Melchior tomba gravement malade et, huit jours après, il expirait entre les bras de Wilhelm, qui ne l'avait pas quitté d'un instant.

— Je te vengerai, lui murmurait-il.

Le moribond le remercia d'un sourire.

Cornélia était aux obsèques, et le soir même elle devait paraître au théâtre.

Wilhelm alla la trouver dans l'après-midi.

— Vous avez tué mon ami, madame.

— Je ne me reconnais pas cette puissance, monsieur.

— Vous épouserez Melchior.

— Il est un peu tard.

— Je ne plaisante pas ; vous l'épouserez.

— Vous entendez parfaitement le bouffe funèbre ; à quand la noce ?

— Tout sera fini dans les vingt-quatre heures.

A peine Cornélia pensait-elle à cet incident quand, plus radieuse que jamais, elle vint quelques heures après réentendre le *Freyschütz*.

Elle laissait machinalement aller son regard vers la baignoire où elle avait pour la première fois vu

Melchior, quand elle l'aperçut lui-même en chair et
en os; il la regardait avec des yeux plus étincelants
que jamais.

Il n'y avait pas d'illusion à se faire, c'était bien
lui; il ne la quittait pas de son regard implaca-
blement fixe.

Elle se leva convulsivement en étendant la main.

— Je l'épouserai! je l'épouserai! cria-t-elle d'une
voix stridente.

Et elle retomba morte d'épouvante.

Voici ce qui s'était passé : Wilhelm s'était entendu
avec le fossoyeur, on avait exhumé Melchior, on
l'avait embaumé, on avait remplacé ses yeux par
des yeux d'émail, puis on l'avait habillé et introduit
dans sa loge habituelle, sans que personne y prit
garde.

Le lendemain, le mort rentrait dans sa tombe, et
Cornélia venait prendre à côté de lui une place éternelle.

— Ah ça, messieurs, fit le petit vicomte de Val-
nèfle, une fois l'histoire finie, il n'y a pas de défunt
en rupture de ban parmi nous; nous pouvons aller
nous coucher. Puis, s'adressant à une jeune veuve
qui le fatiguait de ses rigueurs.

— Voyez, madame, ce qui vous attend si vous me
laissez décéder. J'écrirai demain à Paris pour me
commander des yeux en émail.

———

LES CHIENS DE PARIS

I

Cave hominem.

Je ne suis pas complétement de l'avis du physio-
logiste qui, niant toute espèce de progrès chez les
animaux ordinaires, s'exprime à peu près ainsi :

« Depuis la première olympiade jusqu'à nos jours,
« c'est le même cheval, le même chien et le même
« chat que nous voyons; ce matou, qui se rend à
« un rendez-vous de gouttière, pourrait être contem-
« porain de Sésostris. Ce braque, qui aboie à la lune,
« commettait déjà cette distraction il y a cinq mille
« ans; ce timonier, qu'on accable de coups de fouet,
« vous l'auriez aperçu aussi patient et aussi résigné
« dans un faubourg d'Ephèse ou de Palmyre. —
« Il n'y a de changé que la charrette. Je me borne
« à parler ici des espèces domestiques; à l'état sau-
« vage, la vérité est bien plus sensible encore. Tout
« le monde sait qu'il n'y a jamais eu qu'un renard

« tiré à plusieurs milliards d'exemplaires, et que
« l'aigle du xxᵉ siècle sera identique à l'oiseau de
« Jupiter. »

Sans croire démesurément à l'influence des civili-
sations sur les seuls bons camarades que la nature
nous ait donnés, je pense néanmoins que ces discrets
témoins de l'humanité participent, jusqu'à un certain point, de l'époque où ils vivent; ils ont une
notion vague du millésime, du lieu, de la mode
même; *Gladiateur,* par exemple, ne peut pas ne pas
concevoir le sentiment de sa parfaite modernité;
est-ce que la Grèce ou l'Egypte connaissait *la grande
écurie ?* La société s'est reflétée sur le coursier; nous
possédons maintenant l'alezan *high-life;* puis, le cheval de race un peu noble est extrêmement jaloux de
se voir perpétuellement distancé par le chemin de
fer; il redouble de vitesse; c'est ce qui explique, —
bien mieux que l'entraînement, — les prodiges d'ac-
célération qui se produisent aux courses. — Maintenant que les *vélocipèdes* tendent à prendre le haut
du pavé, les honnêtes percherons eux-mêmes, qui
faisaient une lieue en deux heures un quart, vont
décidément prendre le galop; devenir *rapide* consti-
tuera un point d'honneur pour le fiacre le plus apa-
thique. Rossinante existerait encore qu'il affecterait
une allure *avancée.* — En même temps, le cheval le
plus borné a parfaitement conscience du règne de la
loi Grammont, inconnue de l'antiquité et du moyen
âge; il entend jouir, lui aussi, de ses petits droits
civiques; s'il lui plaît de ne plus gravir au grand

trot une de ces montagnes russes que le caprice du sol ménage parfois aux attelages, il sait très-bien se rebiffer et attendre un protecteur; nous avons aujourd'hui cinquante *sportsmen* intelligents contre vingt-cinq charretiers ignares. — La lumière se fait dans le monde hippique.

Maintenant pour les chats, — examinons quelle différence dans leur position, depuis que ce ne sont plus eux, mais les terriers qui demeurent chargés d'exterminer les rats, leurs anciens ennemis. Quels loisirs fait à la race féline cette immense besogne d'épuration si galamment accomplie désormais par la race canine ? Les chats, rentrés dans la vie privée, n'appartiennent plus maintenant qu'à leur rôle de rêveurs, de philosophes et d'amoureux; ils chérissent plus abondamment, ils pensent davantage; — ils respectent la tradition de leurs pères en continuant, pour la forme, à fuir l'homme; mais on pourrait dire de chacun d'eux :

Fugit ad salices...

Car il redouble de grâce, de coquetterie et d'élégance; les chats n'ont plus que cela à faire, et, bizarre effet de cette sinécure, la souris qui trotte dans la boiserie ne lui fait même plus retourner la tête; le métier de bourreau ne le regarde plus, — et franchement il y répugnait. Le chat trouve que La Fontaine l'a calomnié, comme Molière avait calomnié les médecins. — C'est un sage qui a le goût de la solitude et de la méditation; à moins qu'il n'aille chanter, sous le toit de sa belle, un bolero enragé. — Laissez-le faire. Il est en train de se rapprocher de nous. — Le chat n'aura jamais de maîtres, mais il daignera avoir des amis.

II

Et les chiens, pensez-vous qu'ils ne s'associent pas plus intimement encore aux grandeurs et aux misères de leur temps? Ils sont si habiles à profiter des bons comme des mauvais exemples! Eux qui maintenant ont l'honneur inespéré de faire partie des *contribuables*.

J'accorderais volontiers que le reste des animaux échappe aux influences locales; il n'y a pour eux, en général, ni capitale, ni départements; mais une division qu'il faut savoir reconnaître, c'est celle-ci, que la science zoologique ne saurait désapprouver :

Il y a en France deux sortes de chiens :

Le chien de province.

Le chien de Paris.

Les différences d'éducation, d'économie et d'apparence s'effacent devant ces deux lignes de démarcation bien tranchées.

Un roquet du boulevard en sait plus long qu'un caniche d'Aubusson, par exemple, — malgré l'infériorité de l'extraction. Un griffon du faubourg Saint-Denis montrera quelquefois plus d'initiative qu'un terre-neuve de l'Aube ou de la Lozère.

Le chien de province, sauf l'heure de la chasse ou le moment *des racontars* (car rien n'est bavard comme cet habitant en sous-ordre des petites villes), le chien de province, dis-je, est indifférent, endormi, sans caractère; la plus grande partie de la journée, il la passe au fond de sa niche; les voluptés de la flânerie lui sont inconnues. Qui rencontrerait-il dans ces rues désertes? Quel événement pourrait le tenir en éveil dans ces endroits où la vie est si uniforme? Sa plus grande distraction est d'aboyer après les gens mal mis, quoiqu'il ne se pique guère de connaissances exactes en fait de toilette. (Quand donc aurons-nous la consolation d'entendre les chiens aboyer après les femmes trop costumées?) — Quelquefois, sur les dix heures du soir, car on se couche prématurément dans le Poitou ou la Saintonge, l'excès de vigilance d'un gardien met en rumeur toute la population canine; alors, le fausset du bichon, la basse-taille du dogue, le ténor du danois, le baryton du basset, se mêlent dans un interminable concert de bavardages, — des *aboyeurs de riens* qui vous empêchent de fermer l'œil!

Les chiens de Paris ne perdent pas leur temps à ces commérages inutiles; que leur importe ce qui se passe chez les voisins? Ils ont bien autre chose à faire! — Ils s'entendent à demi-mot: s'ils donnent contre le voleur une ou deux notes convenues, c'est par pur respect humain; ils se reposent sur les sergents de ville du soin de prévenir efficacement les délits; d'ailleurs, neuf fois sur dix ils ne sont pas à leur poste.

8

Vous les voyez dans toutes les rues, courir sans but, mais très-pressés. Où allez-vous? disait Geoffroy à Gil-Perez, qui regardait sa montre avec anxiété dans *Paris ventre à terre.*

— Je ne sais pas, répondait en glapissant le vicomte de Folle-Braise, mais il *faut que j'y sois à trois heures.*

Je ne regarde jamais un chien s'élancer hors d'une maison comme si le feu y était, sans penser au vicomte de Folle-Braise.

Où va Pyrame? — il ne le sait pas non plus, mais il faut qu'il y soit à trois heures.

Je ne voudrais rien dire de désagréable à la jeunesse canine des départements; je suis convaincu qu'elle *sait brûler* en temps utile pour les belles de sa résidence, mais jamais une *Diane* ou une *Miss* de province ne sera pour un *Tom* ou un *Médor,* son concitoyen, ce qu'elle est pour un chien de la bonne ville de Paris.

Ici quelle galanterie! quelle préoccupation flatteuse d'un sexe enchanteur! quels soins délicats et assidus! Nous avons le *Monsieur qui suit les femmes.* Il n'y a que Paris où l'on puisse rencontrer *l'épagneul qui suit les levrettes.*

Comme ils sont intéressants à étudier, ces grands vauriens de la race canine, quand, avec des rengorgements de beau valseur, ils s'approchent d'une petite cocotte frissonnante et éperdue! Comme ils fascinent, comme ils subjuguent! Comme on devine qu'ils ont aussi la prétention d'être aimés pour eux-mêmes!

Avec quelle exquise familiarité les chiens de Paris entrent dans les boutiques, se glissent dans les cours comme s'ils voulaient relever un état de lieux; avec quelle ardeur ils *battent le pavé*, s'arrêtant aux devantures qui leur plaisent, causant avec un ami, arrêtant *l'heure du berger* avec une compagne! Comme ils se sentent bien chez eux dans cette grande ville, qui ne leur reprochera ni la légèreté de leurs mœurs ni la fréquence de leurs sorties!

N'avez-vous pas souvent remarqué à une fenêtre qui lui servait de cadre naturel, une tête de chien suivant attentivement tous le mouvement de la rue, les évolutions des voitures, le va-et-vient des passants, etc.; n'avez-vous pas surpris encore au carreau d'une voiture deux yeux de *kings-charles* bien décidés à ne rien perdre de ce qui se passe et prêts à le transmettre aux *reporters* dans l'embarras?

Vous chercheriez vainement au Midi et au Nord de ces préoccupations mondaines chez la race canine. — A Paris, le chien veut avoir des nouvelles; en province, il ressemble aux gens qui ont horreur d'être au courant de quoi que ce soit.

III

Nous avons connu jadis, passage Sainte-Marie, un barbet assez malheureux, qui fut appelé dans une préfecture de première classe à une superbe position; il était abandonné, pas sûr de dîner tous les jours, et ne sachant jamais où aller coucher ; il n'osait même pas répondre au nom de *Black*.

Au lieu de ce lamentable ordinaire, on lui offrait une pitance grandiose et un gîte magnifique ; il était admis aux *pâtées* d'honneur sous des lambris dorés ; seulement, il lui était défendu de songer désormais à Paris.

Vous auriez cru qu'il allait engraisser et faire peau neuve ? Ce fut le contraire : Black maigrit horriblement ; il commit l'insolence de dédaigner le foie gras et les abatis de faisan ; on le lessivait avec amour ; il reconnaissait ces soins maternels en allant se crotter dans les ruelles du voisinage. Que voulez-vous ? il s'ennuyait horriblement.

Un beau matin, de guerre lasse, il partit : on le refusa partout, au bateau comme au chemin de fer ; il vint à pattes en trois jours et trois nuits, reposant à la belle étoile et se nourrissant de l'espoir de retrouver son cher Paris. La semaine d'après, nous le revoyions fringant et alerte, boire avec délices au ruisseau de la rue du Bac, — ce ruisseau que Mme de Staël n'était pas, comme on le voit, seule à regretter.

C'est que ce chien d'élite était un véritable Parisien ; et le soir même, il allait à l'Ambigu, surveiller les répétitions du KING'S CHARLES *de Montargis*.

UNE EXPOSITION DE BÉBÉS

I

Décidément, ce siècle est grand ; je ne sais pas au juste quel est son prophète, mais j'estime que, du haut de son activité, notre époque peut regarder fièrement les époques écoulées ; nous aurons fait l'ouvrage de cinquante générations ; près de l'homme pressé d'aujourd'hui, le plus laborieux mortel d'autrefois paraîtrait un paresseux fieffé ; où est le temps où les gens en retraite s'amusaient à traduire Horace? Maintenant, il n'y a plus de retraite, et l'on ne traduit plus que des télégrammes.

Le monde marche avec une vitesse de dix années à l'heure ; c'est tout au plus si l'on a cinq minutes d'arrêt pour prendre un peu de distraction au buffet de la vie, j'allais dire au banquet. Car, tout est *vieux style,* et l'expression d'hier sera fanée demain matin.

Où allons-nous ? — nous ne savons pas ; on assure que nous avons pris *l'express* de l'infini ; pour mon

8.

humble part (mais je retarde sur l'horloge du temps), je préférais le coche ; les idées allaient moins vite, mais elles avaient le loisir de se reposer en route.

Une des modes les plus envahissantes de cette ère fameuse qui, à beaucoup d'égards, est plus copiste qu'originale, ce sont les Expositions ; le genre humain ne vit plus que pour montrer son génie en apparat, comme les femmes qui ne pensent qu'au soir où elles inaugureront leur nouvelle parure de bal.

Paris vient à peine de résumer dans un formidable spectacle l'effort de la civilisation tout entière, que déjà Naples s'apprête à rendre cette politesse faite à l'univers. Dans l'intervalle, une foule d'exhibitions particulières se partagent l'attention publique : récemment, c'était un congrès de chiens qu'on avait organisé, pour que du terre neuve à l'épagneul on comparât en connaissance de cause les *candidats à l'humanité ;* un peu plus tard, on mettait au pilori les *insectes nuisibles,* et le souvenir de cette revue cause encore des démangeaisons. En ce moment, l'exposition florale nous raconte la gloire des azalées et les mille et une toilettes de la *Victoria regina* de la rose.

II

Mais il n'appartenait qu'à l'*humour* britannique d'essayer le genre le plus neuf et le plus hardi de présentation au public : *une exposition de bébés.* L'Angleterre est jalouse de la pureté de sa race et de

la richesse de son sang. Qu'elle ne recule pas devant
cette vivifiante excentricité : une ménagerie de bam-
bins roses et frais à faire rougir les célibataires d'avoir
tant tardé, et à inspirer, aux époux les plus disgraciés
de la nature, des héritiers qui relèvent leur type.

C'est le prix de beauté offert à l'enfance ; on dirait
qu'un reflet païen éclaire cette vieille terre protes-
tante ; transportez-vous aux pavillons Gardens, vous
trouverez là près de quatre cents patriciens en bas
âge, qui iront dans vingt ans d'ici porter sur tous
les points du globe la prééminence de l'espèce anglo-
saxonne.

Un prix de dix livres avec une tasse d'argent (symbole du premier besoin de ces jeunes nourrissons,
non pas le lait, mais le *brandy),* est décerné à l'enfant
de chaque sexe le plus joli et le mieux portant. C'est
une prime donnée à la santé et à la morale : voilà le
cas où jamais de se montrer fier d'être père et de
connaître le bonheur d'être mère ; c'est le roman
qui devient de l'histoire ; c'est la lune de miel éclai-
rant même les indifférents de ses plus doux reflets !
Cela vaut bien le soleil qu'on s'obstine à refuser à
nos voisins d'outre-Manche.

Il y a eu à cette *fête des visages* beaucoup d'appelés
et beaucoup d'élus, mais on a dû faire un choix dans
cette élite, et pour l'honneur du bouquet, trier parmi
toutes ces fleurs écloses du matin ; le *God* des Anglais
sait s'il y a eu des mères désappointées ; comment
exiger d'elles qu'elles ne trouvent point leurs enfants
admirables ; un instant même, on a craint une ma-

nifestation féminine contre l'établissement, mais petit à petit tout est rentré dans l'ordre, les concurrents évincés se sont sans doute dit : « Nous ferons mieux une autre fois, » et les Trois-Royaumes n'ont vu servir aux regards des dilettantes que la crême des *babys* irréprochables.

Du haut de l'Olympe, en friche aujourd'hui, Antinoüs est content, et la Vénus Callypige jette des yeux attendris sur cette Albion, qu'elle trouve moins perfide que nous ; cette nouvelle a même réjoui les dieux en exil ; Jupiter, souriant dans sa barbe blanchie, a murmuré : Je me sens plus jeune de trois mille ans.

Ce n'était pas assez pour la Grande-Bretagne, de produire de radieuses jeunes filles qui ont l'air d'être les sœurs des anges, et des athlètes qui, dans la force de l'âge, ont encore la fraîcheur et la grâce des éphèbes ; elle a encore voulu éblouir au maillot les autres nations. Eh bien, ce *prix de Londres* ne vaut-il pas le *prix de Rome ?* Et quel prestige accompagnera le charmant petit être arrivé, dès le lendemain de sa naissance, premier pour la beauté ? Seulement, noblesse oblige : la couperose et le nez rouge sont défendus à ces gardiens de l'idéal plastique.

J'aurais voulu que ce *steeple-chase* de héros à la mamelle eût lieu dans la terre de prédilection de lord Byron, l'Apollon des poètes ; il aurait cru voir la postérité de *Don Juan* venir semer des roses sur sa tombe.

III

Pour répondre à ce défi de l'Angleterre, je propose à la France d'instituer un pendant non moins glorieux et non moins utile : L'*Exposition des vieillards*. Les 400 plus remarquables des octogénaires des deux sexes seraient réunis au Champ de Mars, et un prix de dix mille francs avec une coupe d'or serait accordé à l'homme et à la femme qui porteraient le plus noblement leurs quatre-vingts années.

Que de délicieuses vieilles à cheveux blancs et à profil de camée nous révéleraient cet hommage rendu aux doyens de l'époque ; et dans l'ordre masculin, que de chênes antiques au front découronné, mais qui feraient honte aux jeunes pousses !

On feint toujours chez nous de voir le grand âge à travers les misères de la caducité et de l'état valétudinaire. On renverrait volontiers à Sainte-Périne ceux qui vous demanderaient l'adresse du Temple de la Vieillesse ; je voudrais qu'une inspiration plus éclairée et plus généreuse corrigeât cette erreur d'optique. Le déclin a ses prestiges tout comme le prélude ; la neige sans tache vaut la fleur qui s'ouvre ; le regard qu'éclaire déjà la lumière d'un autre monde vaut le regard qui s'ouvre à la vie ; il y a des puretés de lignes qui s'altèrent dans le cours de la carrière humaine, et que les dernières heures recomposent.

A ces causes, et pour ne pas rester en arrière avec une superbe rivale, nous souhaiterions que l'*Exposition des enfants* eût pour pendant l'*Exposition des vieillards* ; ce serait riposter aux *Concours d'aurores* par des *Concours de couchers de soleil*.

LES AMOURS EN BLANC

I

Les trop grandes villes et la nature ne sont guère faites pour s'entendre, mais il n'y en a pas moins à Paris deux époques fugitives et délicieuses :

Les premiers sourires du printemps qui semblent déterminer à la fois l'éclosion des fleurs nouvelles et des frais visages;

Les douces journées d'automne, où la végétation jette ses dernières senteurs, pendant que, grâce aux charmantes présences, la rue est encore en beauté.

Puis le ciel tire son rideau gris sur les décors et les personnages, et tout disparaît; on *remise* les jolies femmes, comme on *remise* les orangers; la serre-chaude et le salon ne laissent plus leurs prisonniers à l'air, et la chute des feuilles commence devant Tortoni; les vernis du Japon et les platanes jonchent le bitume des flèches jaunies qu'ils décochent, et la petite figurante, qui va passer de la misère honnête à l'opulence suspecte, peut chanter :

> Tombe, tombe, feuille éphémère,
> Car pour ne plus rentrer, je sors.
> Cache au désespoir de ma mère
> Le parcours de mon huit-ressorts !

Nonobstant, je crains que la mère ne monte dans la voiture.

Il faut donc saisir ces heures privilégiées pour passer la revue de l'armée féminine, sauf la permission des fâcheux qui n'ont pas diminué depuis Molière : seulement ils ont changé de nom, et l'affiche du Théâtre-Français, pour se mettre au diapason de l'actualité, se propose de réconcilier la génération moderne avec l'ancien répertoire en portant bravement ce titre : les GÊNEURS, *comédie en cinq actes et en vers, par l'amant de la Béjart.*

II

En vérité, dans cette bonne ville de Paris qui se fait l'illusion d'être dans toute sa personne, la tête de l'univers, il y a des gens avancés que je trouve furieusement en retard.

Le boulevard en est infesté ; ils vous permettent de contempler studieusement une pierre de taille qu'on monte au deuxième étage à l'aide d'une poulie, spectacle inédit qui prête énormément à la méditation ; eux-mêmes s'attroupent trois fois par jour, autour d'un malheureux cheval tombé sur le macadam, et l'on dirait qu'ils ne peuvent se rassasier d'une vue aussi originale, tant ils ont de mal à quitter la place, au risque d'embarrasser ceux qui agissent... Si un monsieur apparaît monté sur un *Favori* de 1863 qui affecte toujours de se cabrer quand il aperçoit l'énorme chevelure de Pierre Petit sur les cloisons en bois dont on entoure les édifices en construction, ils vous forcent à s'abîmer avec eux dans la contemplation de ce péril imaginaire ;... ils vous traînent devant des devantures où l'on découvre des pantalons à carreaux : surprise réservée à la seconde moitié du xix⁰ siècle.

Mais ils trouvent très-étrange et presque inquiétant, qu'on se retourne pour jeter le plus furtif regard sur une ravissante jeune fille qui passe au bras de sa mère, ou sur une veuve adorable qui, en grand deuil, foule d'un pied léger la terre hospitalière où repose son premier mari.

Quand vous vous croyez délivré de leur surveillance, et qu'attiré par une taille d'une élégance suprême, vous pressez un peu le pas pour reconnaître la physionomie de l'ange que vous n'avez aperçu que de dos, ils vous barrent le passage en s'écriant :

— Je vous y prends, mon gaillard !

— Eh ! goîtreux que vous êtes ! est-on tenté de leur répondre, comme au temps du romantisme, — d'abord je ne suis pas votre gaillard, et puis, laissez-moi vous l'avouer une bonne fois pour toutes, ce qui fait l'enchantement du boulevard, ce ne sont pas les boutiques, — personne ne les regarde, — ce ne sont pas encore ces brasseries qu'on décore du nom de cafés, et où les Français jouent le rôle d'Allemands en s'enivrant de décoction de houblon :

> Et flasquement on y passe la vie
> A célébrer et la bière et l'amour.

Ce ne sont pas encore ces poignées de mains banales qui sont comme le péage du trottoir, ni ces visages stéréotypés qui vous obsèdent, comme une photographie : (on devrait intimer l'ordre aux *rouleurs* trop connus de ne circuler que masqués à partir d'un certain âge); surtout, ce n'est pas vous, dérangeurs de rêves, qui vous posez comme un point d'interrogation devant un amoureux fort désintéressé de l'équilibre européen et des équilibristes, pour lui adresser cette fatale demande : *Quoi de nouveau ?*

Ce qu'il y a de nouveau, seigneur Importun, c'est cette fée délicatement échevelée qui arrive du Devonshire; c'est cette perle d'Andalousie qui détermine des *juntes* d'admirateurs; c'est cette petite provinciale qu'on jurerait née avenue Gabriel; c'est cette pensionnaire qui, l'automne dernier, n'était encore qu'une enfant et devient déjà une fille à marier.

Votre ingénieux interlocuteur se pose le doigt sur le front comme pour indiquer une fêlure à votre cerveau (après tout, il pourrait bien y avoir le *craquelé* en intelligences comme en porcelaines).

Je demande de quel côté est la vocation la plus sérieuse pour la villa du docteur Blanche ?

On vous fait les honneurs d'un riche jardin ; vous vous arrêtez d'abord devant l'infinie variété des roses ; plus loin, le chœur changeant des azalées vous captive ; de ce côté, une *Victoria Regina* sur ce lac en miniature appelle votre visite ; il n'y a pas jusqu'à cette pervenche particulière qui n'obtienne justement un salut de votre attention ; vous vous apprêtez à poursuivre ce précieux examen, quand tout d'un coup votre cicerone vous prend brusquement au collet et vous dit d'un ton sévère :

— Ce qu'il faut admirer ici, monsieur, ce ne sont pas les fleurs, ce sont les limaces, le chiendent et les jardiniers.

Ce sage ne mériterait-il pas qu'on l'envoyât aux Petites-Maisons ?

Ainsi tout ce qui est laideurs, inutilités ou gros ouvrages, voilà ce qui doit exercer le coup d'œil d'un honnête homme ; c'est un cas de conscience pour lui de détourner la vue et l'odorat de tout ce qui est grâce et parfum.

Faut-il vous crier brutalement, monsieur, ce qu'on n'a fait que soupirer jusqu'ici galamment dans les romances ? Eh bien ! puisque vous êtes sourd, tonnons à vos oreilles cette vérité hors d'âge : les femmes sont des fleurs !

III

Et c'est le boulevard — qui, comme on le saura plus tard, se prolonge jusqu'aux lacs, — c'est le boulevard qui représente la pépinière naturelle des amours les plus éthérées et les plus exquises, préservant toutes les illusions et ne laissant aucun regret, — le dernier mot du platonisme : *les amours en blanc.*

Quelle passion éternelle et sincère on pourra nourrir pour ces *passantes* exquises dont on n'a recherché que l'image ! Comme il se maintiendra intact, cet idéal, duquel on a su ne pas approcher de trop près ! Une vision céleste nous frappe : c'est une femme aux traits fiers et fins qui semble vous montrer le chemin du romanesque; elle vous a imprégné de son atmosphère de suavité, et malgré vous, fasciné par le balancement régulier de sa démarche, semblable à une tige de lys que la brise incline et redresse, vous vous engagez dans son itinéraire : quel épurement involontaire pendant ce silencieux pèlerinage ! On s'est occupé, au point de vue absolument profane, du *Monsieur qui suit les femmes;* on a oublié de peindre ceux qui, simplement pour retrouver la poésie perdue, suivent la piste des noblesses et des puretés, satellites qui se tiennent à une distance respectueuse, heureux d'un reflet de l'astre supérieur; peut-être que, pendant l'épreuve qu'ils s'imposent, ils sentiront ressusciter en eux les aspirations généreuses, ils ne bafoueront plus le mariage, ils croiront à la tendresse, ils brûleront ce qu'ils allaient adorer.

Le *Spleen* vous a-t-il marqué au front? Voici un essaim de jeunes filles qui sort de sa ruche de dentelles et de chiffons; on dirait une branche d'églantier dont les pétales s'effeuillent au vent. Quels jolis petits airs de tête! quelles querelles d'oiseaux! Remarquez la grande qui a les yeux si rêveurs; peut-être est-ce le type longtemps cherché d'une héroïne d'un livre préféré; ne dérangez pas l'effet de ce consolant mirage; ce n'est pas Mlle Louisette que vous aimerez en elle, ce sera *Geneviève,* d'Alphonse Karr.

Si le hasard, qui est parfois bon diable, vous a installé juste en face des fenêtres d'une Agnès qui se cache derrière son rideau de tulle (une demi-voilette), ne commettez jamais l'imprudence de lui faire le moindre signe ou de lui adresser la plus insignifiante parole, vous rompriez le charme de votre horizon; inspirez-vous d'elle, si vous êtes musicien ou peintre, mais restez dans les nuages; on est si mal sur la terre!

Et quand, après cette série *d'amours en blanc,* vous penserez sérieusement à l'hyménée, vous pourrez répondre superbement à votre futur beau-père qui vous demandera :

— Avez-vous eu des maîtresses, monsieur?

— Rien que pendant ce dernier automne, j'en ai eu quinze, mais je ne les ai pas connues!

Et laissez les sceptiques hausser les épaules : ballons captifs, il vous est toujours si facile de redescendre sur notre misérable planète ! Apprenez donc aux esprits positifs qu'il n'y a pas que le tangible qui cause la volupté de la possession : un rayon de soleil n'en est pas moins de l'or, quoiqu'il n'ait pas cours chez les changeurs ; l'oxygène du bois de Boulogne n'en est pas moins un parfum, quoiqu'il ne se trouve pas chez Lubin. Si votre félicité conjugale est insuffisante, soyez sûr que votre femme ne vous en voudra pas de ne la tromper qu'ainsi : il sera beaucoup pardonné à ceux qui auront beaucoup aimé — *en blanc.*

HISTOIRES DE CHASSE

RACONTÉES PAR LE GIBIER

I

On s'est moqué bien longtemps des vieux grognards qui racontent leurs campagnes : quand voudra-t-on bien garder quelques railleries pour ces *Nemrodailleurs* qui croient devoir tenir un auditoire attentif en décrivant la lutte qu'ils ont eue à soutenir avec un lièvre dont la patte était cassée ?

Ici, nous avons de plus les conscrits qui, fiers de leur début, vous arrêtent presque le morceau sous la dent en s'écriant :

— C'est un grain de mon plomb, je le reconnais.

— Garde-le précieusement ! répond une mère attendrie.

Mangez votre ennemi, mais taisez-vous sur les circonstances de l'égorgement.

Alors il n'y aurait pas de raison pour qu'un boucher ne se penchât vers sa clientèle en murmurant :

— Laissez-moi vous narrer le cas de ce gîte à la noix ; je vous ferai ensuite la légende de ces côtelettes.

Indigné depuis longtemps de cette insulte pos-
thume, le gibier du monde civilisé, vient de se
venger en appliquant la peine du talion.

II

C'était au burg d'Archambeauville, une de ces
vieilles demeures féodales qu'on vous livre maintenant sur commande en six mois, avec les clefs et les
parchemins, et dont les créneaux et les toits en poi-
vrière intimident si bien l'espace que les chênes les
plus antiques se demandent : — N'aurions-nous pas
perdu la mémoire ? Est-ce que ces noires tourelles ne
se sont pas toujours profilées à l'horizon ?

Le couvert était dressé dans la salle d'armes, où tous
les portraits des d'Archambeauville semblaient regarder les convives d'un air menaçant ; nul n'aurait osé
soupçonner que ces toiles ingénieusement moisies
faisaient partie du devis de l'entrepreneur, folio 14 :

Salle d'armes . . . . 37,000 fr.
— avec ancêtres assortis . 75,000

Quoi qu'il en soit, le dîner était fort gai et copieusement arrosé de ces vins auxquels on fabrique aussi
des lettres de noblesse, car la savonnette à vilain
s'exerce maintenant à la fois sur les hommes, sur les
crûs et sur les monuments. Qui ne se suppose pas
un peu Montmorency ? Quel tas de moëllons ne
prétend pas appartenir à la Renaissance ? Quelle
bouteille ne se croit pas, par le verre au moins,
parente du Château-Laffite ?

Les petits chasseurs devant l'Eternel n'y regardaient pas de si près ; ils dégustaient avec amour ces produits haineux ; on n'entendit tout d'abord qu'un imposant bruit de fourchettes ; puis, la première faim apaisée, commencèrent ces chroniques traditionnelles où chacun s'établit lui-même son propre *reporter*. Exemples :

— Pyrame tombe en arrêt ; je me dis : C'est une caille ; j'avance en rampant, ce n'était qu'une verdière.

— A la lisière du bois de Montfleury, après cinq heures de marche inutile, je rencontre un paysan qui me dit : « Vous voyez bien cette luzerne, il doit y avoir un *ieuve* là-dedans. » Je lui dis : *Combien ?* Il me répond : « Ce n'est rien ; votre voix aux élections prochaines. » Je prends mon pas léger, le lièvre s'enfuit et traverse la voie ferrée où il est coupé en deux par l'*express ;* j'ai donné le train de derrière à la Compagnie, c'est l'autre moitié que vous avez sous les yeux ; pardon de cette parcimonie, c'est l'unique lièvre de Seine-et-Marne.

— En 1866, quand je chassai dans mon premier champ de colza, interrompt le doyen de la bande, il m'arriva une singulière aventure ; je démontai une perdrix rouge qui s'enfuit et fut pansée par un membre de la Société protectrice des animaux ; je la retrouve le lendemain, et je lui endommage l'aile gauche, elle parvient à s'échapper encore, et ce bienfaiteur anonyme s'interpose de nouveau. Le traitement a duré dix-huit mois ; ce monsieur est mort cette année, ce qui m'a permis de terminer mon coup de fusil ; où en serions-nous si l'on nous suivait avec l'idée d'établir des ambulances pour les perdreaux blessés ?

L'orateur avait à peine achevé cette sacrilége plaisanterie, qu'une symphonie de sourds rugissesements se fit entendre, un immense panneau orné de toiles représentant les Archambeauville de la race cadette parut se dérober tout d'un coup et laisser place à un décor inattendu.

III

La scène représentait une salle à manger du Saharah ; et douze lions de l'Atlas se trouvaient réunis autour d'un magnifique plat de chair humaine ; un lionceau dînait à l'écart, car ils n'avaient pas voulu être treize à table.

— Eh bien ! dit le plus âgé parmi ces vice-rois des animaux (puisqu'il est stipulé que le sceptre appartient à l'homme), comment avez-vous fait l'ouverture, Adraste ?

— Je suis assez content, Nestor ; j'ai tué quinze pièces : six gazelles, quatre singes et cinq hommes.

— Et vous, Androclès ?

— Moi, je dois à mon lynx d'avoir pu arriver jusqu'à une compagnie de caissiers en fuite, où je puis dire que j'ai fait coup double.

— Vous vous taisez, vous, Néron ?

— Je réservais mon histoire pour la bonne gueule,

répondit ce quadrupède, récemment libéré d'une ménagerie d'Europe; après cinquante heures de bonds, j'appréhendais de rentrer bredouille, quand un voyageur passe à la portée de mes griffes; c'était Charles, mon ancien dompteur, je vous avoue que je n'en ai fait qu'une bouchée.

— Ces hommes de confiance sont excellents, s'écrièrent les convives en redemandant du caissier.

Une clameur rauque couvrit leur voix : le tableau venait de changer, on se trouvait maintenant transporté dans un bois de l'Hindoustan, où neuf tigres humaient une famille anglaise.

— Un peu de commodore ? disait l'un.

— Je préférerais une aile de cette *miss,* répondait l'autre avec un regard facétieux.

— Et donc, dites-moi, je vous prie, reprenait le premier qui avait mangé beaucoup de Russes, comment avez-vous occis ce gentleman d'un goût si agréable ?

— J'étais depuis plusieurs nuits en embuscade près de l'habitation ; il faisait sa cour à une jeune dame du voisinage qu'il ne pouvait voir que dans le jardin avec des précautions infinies ; je me suis blotti dans le feuillage d'un cocotier, et la lune m'a vu m'élancer sur le couple au moment où la jeune dame disait :

— Edward, que deviendrais-je, si je trahissais mes devoirs ?

J'ai pardonné à la femme adultère, mais je vous ai amené le vrai coupable.

Un grognement formidable interrompit les hip! hip! hurrah de ces tigres accoutumés aux façons britanniques; et le pôle arctique se présenta aux regards avec ses banquises surmontées d'ours blancs; il ne s'agissait cette fois que d'un simple lunch.

— Avez-vous encore quelques conserves d'Européens? demanda timidement le plus maigre.

— Vous êtes gourmand, John, essaya d'articuler l'amphitryon, qui déterra dans la glace un malheureux canotier, aussi frais qu'au premier jour, mais pour la peine vous nous raconterez cette belle chasse à l'affut, que vous fîtes avec vos frères l'hiver dernier.

— C'est bien simple; le capitaine et les matelots de l'*Atalante* ne se méfiaient pas de cette hutte que vous voyez là-bas; ils se disaient: « Les ours blancs habitent sur les glaçons flottants; nous trouverons là un paisible abri. » Nous les avons laissés venir tranquillement jusqu'au seuil de la porte; les saisir, les terrasser et les servir chaud, fut pour nous l'affaire d'un moment; c'est la seule fois que nous ayons connu le repas à trois services.

Un croassement strident fit taire ces malfaiteurs, et on vit apparaître la plaine Saint-Denis, où un *meeting* de corbeaux semblait avoir lieu.

— Messieurs, dit le premier orateur inscrit, j'ai une bonne nouvelle à vous apprendre. Du haut de la tour de l'église de Saint-Denis, je viens d'apercevoir, au détour d'un taillis, un maladroit qui s'est tué en tirant une grive. Hâtons-nous de savourer ce

cadavre, avant que les journaux ne mettent à la troisième page : « Encore un accident dû à l'impru-
« dence des chasseurs : M. X***, un honorable négo-
« ciant de la rue des Jeûneurs, marié depuis quel-
« ques mois, etc., etc. »

Et le noir essaim partit dans la même direction en poussant des cris d'allégresse.

Cependant la muraille s'était refermée ; les por-traits de famille venaient de reprendre leur place habituelle ; mais cette étrange cauchemar avait jeté un froid à l'endroit des histoires de chasse, et comme un certain silence menaçait de se prolonger :

— Messieurs, s'écria le jeune seigneur d'Archam-beauville, si, pour nous égayer, nous parlions un peu politique ?

LES DANSES OBLIGATOIRES
ET ONÉREUSES

———

L'ANSE DU PANIER

I

Tu ne déroberas pas, insinue l'Ecriture, avant le Code pénal. *Faire danser l'anse du panier*, répond le hautain cordon bleu d'aujourd'hui, n'est pas dérober; c'est tout au plus arrondir les chiffres et donner du lest à nos gages; à preuve qu'il n'y a pas un maître intelligent qui ne se dise dans le silence du cabinet :

— Si nos gens (comptez-vous pour rien le droit de nous appeler : vos gens) se contentaient du prix exact de revient, ils se ruineraient. *Il faut faire la part du feu* (surtout avec des fourneaux en permanence), *c'est un mal nécessaire*, etc.

D'ailleurs, la plupart du temps, ce prétendu larcin n'est qu'une remise commerciale. Allez, madame, acheter vous-même un faisan — si je puis hasarder une pareille hypothèse, car une femme de *la société*, allant au marché, est un tableau tombé dans le ridicule : il n'y a plus que dans trois ou quatre chefs-lieux de canton qu'on voie encore, à sept heures du matin, une maîtresse de maison, en robe de satin, les yeux bouffis par le sommeil, discuter le tarif des éperlans.

— Je vous en donne 2 fr. 50.

— Vous mettrez bien cinq sous avec?

— Pas un centime.

Fausse sortie, après laquelle le débat recommence, et se termine par le cri résigné de la marchande : « Eh bien ! prenez-le. »

Mais enfin supposons que vous vous décidiez à lutter personnellement avec le fournisseur, on vous cotera, malgré vos plus généreux efforts, le faisan 8 fr., tandis que votre cuisinière l'aura facilement pour 5 fr. 75. Il est bien juste qu'elle profite d'une différence que vous n'eussiez pas obtenue; c'est une galanterie que la boutique entend lui faire ; il serait indigne de la part du salon de reprendre à Mlle Léonor ce qu'on lui a donné; elle n'est favorisée que parce qu'elle est de la partie.

Je ne vous conseille pas d'imiter une dame connue qui, donnant à ses serviteurs des commissions très-éloignées, s'habillait avec les effets de sa bonne et parcourait le faubourg Montmartre pour se rendre compte de la situation; on la reconnaissait à la seconde minute, et elle n'y gagnait que de s'entendre appeler : *Ma petite Mère*, gros comme le bras, mais sans diminution.

D'ailleurs quel est l'être doué d'une part de bon sens, actionnaire ou patron, qui ne vous confie tout bas ce secret de Polichinelle : — Il faut toujours être un peu volé.

Et voilà pourquoi la danse de l'anse du panier chaque jour s'exerce de plus belle, tantôt classique et mesurée, tantôt échevelée et indécente (on fait parfois lever très-haut la patte aux poulets), mais toujours pleine d'entrain et ne laissant *faire tapisserie* à personne.

Ce sont les maîtres qui conduisent l'orchestre !

II

Rendons cette justice aux danseuses : jadis elles se négligeaient un peu ; à l'heure qu'il est, elles se mettent en vraie toilette de bal; soyez sûr qu'avant peu de temps, les gazettes s'occuperont avec respect de ce qui se passe, certains jours, au marché des Batignolles ou à *la Redoute* de Saint-Joseph, pour parler la langue de Spa; on lira dans les feuilles bien informées :

« La matinée a été des plus brillantes aux Halles
« centrales. Mlle Adèle était en *verdure,* et chacun
« remarquait la grâce avec laquelle elle feignait de
« marchander des haricots panachés. Mlle Mariette
« avait une robe à traîne du meilleur style et portait
« une simple fleur dans les cheveux, mais la reine
« du bal était à coup sûr la belle Mme Joseph, qui
« était en *marée normande;* les cabillauds semblaient
« la regarder d'un air rêveur, et les bœufs qui
, « passaient devant elle pour se rendre à l'abattoir,

« paraissaient reprendre moins tristes, après l'avoir
« vue, le chemin de leur destination.

« Les commères ont fait, avec leur courtoisie ha-
« bituelle, les honneurs de cette fête, qui a été trou-
« vée charmante par les maraîchers étrangers. »

Et les ingrats, en faveur de qui on vient d'abolir
cet infâme article 1781, ne voudraient pas payer ce
luxe qui les honore.

Comme c'est flatteur cependant pour un homme
qui n'a que six mille francs de loyer de surprendre
l'éloge suivant :

— Vous voyez bien cette demoiselle couverte de
bijoux qui passe avec une burette à la main, c'est la
cuisinière du quatrième.

— A la bonne heure ! voilà une maison où il y a
de la *gratte*. Je dirai du bien de ce monsieur-là à ma
maîtresse, qui est veuve.

Et voilà comment se font les beaux mariages.

Ne me parlez pas de ces grigoux qui sont toujours
à éplucher leur livre de ménage et qui s'ébahissent
des moindres fluctuations, surtout pour s'entendre
dire à la cantonade :

— Je n'aime pas qu'on se fourre toujours dans
mes casseroles.

Je recommande surtout à l'animadversion publique ces petits esprits qui prétendent imposer aux
salariés le choix de leurs fournisseurs, et je ne doute
pas qu'il ne leur arrive quelque avertissement dans
le genre de celui-ci :

Un indigent de mes amis, — qui n'a guère que

trente mille livres de rentes, et qui va par conséquent être forcé de quitter Paris (une *capitale* ne
peut être habitée que par des *capitalistes*), avait osé,
de complicité avec sa femme, désigner à leur nouvelle cuisinière le boucher qu'il fallait prendre.

— Très-bien, monsieur et madame, avait répondu
la stoïque Adrienne en jouant négligemment de
l'éventail de bois blanc qui sert à attiser la braise.

Et, à partir de ce jour, il devint impossible au
jeune ménage, qui avait pourtant des dents à rendre
jaloux des chiens de chasse, de pouvoir mordre aux
entrées qu'on leur ménageait.

Ce n'était plus de la viande, c'était du marbre ;
des beefteks de Carrare, des filets de Paros.

L'explication du phénomène est des plus simples ;
au premier degré de cuisson, Adrienne retirait le
morceau du gril et le précipitait dans de l'eau gla-
cée.

Les chairs, saisies par le froid, durcissaient en se
retirant, et force était de remporter un plat d'une
telle résistance et manqué avec tant d'art.

Au bout de quelques jours de ce manége les deux
convives s'exaspéraient et la vierge de Thionville
leur disait alors avec un sourire de triomphe :

— C'est la faute de monsieur et de madame,
j'avais bien dit que ce boucher-là était un mauvais
boucher.

En français de cuisine, on appelle un *mauvais
boucher* celui qui rapporte moins de 7 %.

Imprudent ! il ne se rappelait donc pas l'histoire

de ce marchand de bois qui, sur l'invitation expresse
de son client, un vieux camarade, avait consenti à
sevrer de la remise traditionnelle le domestique
chargé d'aller au chantier.

— Tu verras, avait-il dit avec une tristesse prophétique, que mon bois ne brûlera pas.

— Tais-toi donc ! je n'ai jamais eu à me plaindre
d'une seule de tes bûches.

Quelques jours après, le bourgeois rencontre le
marchand :

— Mon cher, on dit toujours qu'il n'y a pas de
fumée sans feu. Les nombreux stères que tu m'as
envoyés donnent un rude démenti à cet ancien pro-
verbe.

— Mène-moi donc à ton bûcher, répond l'autre ;
et, examen fait, il montra la pompe de la cour.

— Voilà, reprit-il, ce qui rend mon bois humide.
Et, tirant un louis de sa poche, il ajouta : Voici ce
qui va le sécher.

Le lendemain, les cheminées du bourgeois étaient
redevenues un véritable feu d'artifice ; l'orme n'avait
jamais été si pétillant ; le chêne n'avait jamais donné
une si belle cendre.

Saints abus ! quand on songe qu'il y a des gens
assez profanes pour songer à vous détruire !

III

Mais objectera un moraliste sévère — Vauvenargues sans ouvrage qui cherche partout la matière

réformable, — puisque aujourd'hui nous sommes tous nivelés et que les cochers sont électeurs, qu'est-ce qui empêcherait les gens de service, s'ils tiennent à ne pas être traités en inférieurs, de se comporter un peu plus en égaux ? Pourquoi n'auraient-ils pas le courage de dire loyalement à leurs maîtres :

— Avec six cents francs de gages, nous ne pouvons ni nous suffire, ni rien mettre de côté, complétez le billet de mille et nous vous jurons de ne pas détourner une obole de ce qui vous revient; nous mettrons notre *point d'honneur* à acheter comme pour nous.

Il me semble que nos domestiques gagneraient au change ; ils retrouvaient en argent bien gagné et en estime, ce qu'ils perdraient en sous mal acquis; c'est autant leur intérêt que le nôtre, que je défends en proposant ce contrat.

Hélas ! monsieur, une Jeanne d'Arc de la probité eut un jour cette noble pensée; elle vint dire avec une sublime effronterie aux maîtres chez qui elle se présentait et qui lui demandaient son prix :

— Douze cents francs, mais je ne vole pas.

On l'a renvoyée séance tenante, comme affligée d'excentricité; n'était-ce pas la condamner à inviter l'anse du panier pour le premier quadrille ?

Puis les hommes pratiques vous répondront :

Augmentez les honoraires des domestiques, ils accepteront, mais ils vous tromperont tout de même; quelques-uns voudront exécuter fidèlement le traité, mais la majorité aura bien vite raison du petit nombre, et vous en serez pour vos frais de crédulité; soyez sûrs, d'ailleurs, qu'une somme déterminée aura toujours moins d'attraits pour eux que ce bénéfice quotidien et changeant qui les intéresse à tous les objets de consommation. — Je ne sortirai pas dimanche, dit la bonne du n° 15, je ne prendrai que trente sous sur la volaille. — Moi, répond la bonne du 17, nous devons aller à Saint-Cloud avec un de mes fiancés, il faut que je trouve cinq francs sur une paire de canards; *l'alea* les tient ainsi en haleine, *l'alea*, la joie des parents, la tranquillité des enfants.

Eh bien, s'il en est ainsi, chers maîtres, *alea jacta sit !*

LES PAYS A *L'INDEX*

L'AUVERGNE

I

Une des plus décisives conquêtes de nos innombrables révolutions a jusqu'ici passé sans un mot d'éloge; je viens réparer cette lacune : on se sent plus fier d'être Français quand on apprend que la législation du boulevard interdit définitivement aux plus grands talents de naître en Auvergne.

Il y avait déjà longtemps que cette malheureuse contrée, qui ne jouit pas, comme on sait, du pittoresque de Pantin et de La Villette, se trouvait biffée de la carte de l'humanité : *ni hommes ni femmes, tous Auvergnats*, est une de ces trouvailles qui ont enrichi la gaieté nationale; mais une vieille tolérance laissait encore les supériorités surgir du Puy-de-Dôme ou du Cantal.

Aujourd'hui, vous seriez le jurisconsulte le plus remarquable ou le premier orateur de notre époque, et vous auriez eu le malheur de voir le jour à Issoire ou à Riom, que le dernier des loustics aurait barre sur vous. Nous avons à Paris plus de cent cinquante cafés où l'on insinue que *fouchtra* résume les aspirations de l'Auvergne, de même qu'on affirmait jadis que *goddam* était le fond de la langue anglaise. Ce que j'admire dans ce noble pays, c'est la brièveté qu'on rêve pour les gouvernements et la longévité qu'on exige pour les facéties; une chose ne m'étonne pas moins, c'est la fatuité naïve avec laquelle on se croit spirituel pour avoir acheté à la plus vulgaire des confections de l'esprit tout fait.

Pendant quatre ou cinq règnes de souverains appartenant à plusieurs dynasties, on ne manquait jamais son prestige de gouailleur en déclarant que la patrie de Dante, de Machiavel et de Léonard de Vinci ne renfermait que des fumistes : tous fumistes, les Italiens ! tous porteurs d'eau, les Auvergnats !

II

Il suffit de jeter un regard sur les enfants de cette province déshéritée pour juger tout ce que cette piquante définition renferme de généreux et d'imprévu.

Le premier *porteur d'eau* que nous rencontrons en feuilletant l'histoire, c'est le hardi défenseur de la Gaule, ce Vercingétorix, dont la statue colossale, placée maintenant sur le sommet de la montagne de Gergovie, domine pour toujours l'horizon, comme si dix-huit siècles avaient grandi le premier héros de notre indépendance ; on assure que, quand elle est frappée par les rayons du soleil, cette autre statue de Memnon se laisse aller à murmurer : *Fouchtra*.

Le second *charbounia* qui mérite de nous arrêter, c'est Grégoire-de-Tours, l'illustre historien de l'époque mérovingienne ; s'il vous plaît ensuite de commander une voie de bois à Gerbert, qui fut pape sous le nom de Sylvestre II, l'un des plus étonnants génies du dixième siècle, vous n'avez qu'à parler.

Mais je vous conseillerai plutôt de vous adresser au chancelier de L'Hospital ; il fut la plus noble conscience et la plus haute lumière de son temps ; je suis certain qu'il ne vous surfera pas et qu'il ne vous donnera pas du charbon ordinaire pour du charbon de Paris.

Si cependant, plus difficile que la postérité, vous n'étiez pas content de cet auguste fournisseur, frappez chez Anne Dubourg, un autre camarade qui a toujours très-bien traité ses pratiques.

Ces gens d'Auvergne que vous méprisez si fort, parce qu'il leur manque le tempérament de l'émeute, il est assez curieux qu'à seize cents ans de distance ils nous aient donné le Vercingétorix des libertés parlementaires, Jean Savaron qui, aux Etats généraux de 1614, si peu connus et si curieux, soutint vaillamment les droits du tiers-état.

Je vois ce que c'est : Jean Savaron est un trop petit compagnon pour que vous lui ouvriez si vite la porte de l'escalier de service ; que diriez-vous de

10

Domat, le grand jurisconsulte qui débrouilla le chaos du droit romain ?

Vous craignez qu'il ne parle latin à votre cuisinière ? Eh bien ! je tiens à vous faire un cadeau. Je vais vous envoyer un porteur d'eau comme j'en voudrais pour la fontaine de Jouvence : l'auteur des *Provinciales* et des *Pensées,* Blaise Pascal; il eût été digne d'être Parisien, s'il ne se fût trahi comme Auvergnat, en inventant le *haquet* et la *vinaigrette.* Un peu plus il créait le *crochet !*

Songez quelle heureuse association ! Vous prendrez d'autre part, pour arranger vos cheminées, le Tasse ou Leopardi. Tous fumistes, les Italiens !

— Soit, répondront avec un respectueux dédain les dispensateurs de la gloire, nous ne refusons pas absolument à ces tribus primitives les qualités solides; mais le léger, le brillant, la mousse n'appartiennent qu'aux élus poussés entre les *Bacchantes* de Carpeaux et les cabinets particuliers de Brébant.

— Alors comment se fait-il que ces rudes montagnes aient produit le roi de l'épigramme, le *César* du *mot de la fin,* le grand-maître des petits-maîtres, Chamfort ?

— Comment, Chamfort ?...

— Le drôle s'est permis d'avoir Clermont-Ferrand pour berceau.

— Eh bien ! c'est encore un porteur d'eau, mais il a rempli ses seaux au puits de la vérité.

III

Fatalité des changements ! Continuez aux montagnards qui ont le tort de ne pas dire *fichtre* comme
les Parisiens leur vieille dénomination gauloise :
les *Arvernes,* et vous éviterez ce pont-aux-ânes de la
brôlerie où Beaumarchais lui-même a passé en faisant dire à Figaro :

« Je donne aux hommes de bonnes médecines de
cheval qui n'ont pas laissé de guérir parfois des
Galiciens, des Catalans, des Auvergnats. »

Auvergnats ! ces trois syllabes taillées à la serpe
suffisent pour faire de celui qui les prononce un
plaisant écouté des sceptiques ; si au lieu d'*Auvergnat*
on risque *Auverpin,* la société se tord et l'on dit de
vous :

— Ce garçon-là emporte le morceau !

Savez-vous quel fut chez ces Athéniens à bon
marché le principal grief contre M. Rouher ? — Le
trop grand crédit de l'éloquence ? — Vous n'y êtes
pas. — La résistance du talent ? — Pas davantage. —
Le dédain de l'impopularité artificielle ? — Vous êtes
à cent lieues du motif de cette animosité cavalière.

Ils ont accusé surtout M. Rouher d'être né en
Auvergne.

J'avoue humblement ne point partager à l'égard
de ce magnifique pays travesti la plupart du temps,
comme sa population elle-même, les grâces de la
tradition parisienne ; je crois avoir prouvé que le

génie français n'était pas en si mauvaise compagnie avec elle-même, et je me crois plus libéral en permettant aux Français de naître même à Saint-Flour qu'en. leur faisant un ridicule d'être compatriotes des porteurs d'eau.

Qui sait, si un jour cette hideuse vieille bête qu'on appelle l'anarchie relevait encore la tête, et si le vent révolutionnaire dispersait le tourbillon des persiffleurs, qui sait si la France ne s'adressera pas de nouveau pour se défendre à cette race sobre, patiente, ferme, qui a l'amour de l'ordre et du bon sens, et si elle ne s'écriera pas à son tour : *A moi, Auvergne, voilà les ennemis !*

LE CONGRÈS DE GOMORRHE

I

Aux concours d'anagrammes présents et futurs, le premier prix a été remporté par le chercheur qui a trouvé dans le mot *prolétariat* ce substantif terrible et nouveau : *pétrolariat*.

Seraient-ce par hasard deux synonymes sans le savoir ?

Le feu du ciel, au temps où Dieu existait, — car maintenant le congrès de Lausanne ne reconnaît plus l'existence de l'Être suprême, et Robespierre est traité de réac dans les cafés les plus modérés de la libre Helvétie, — le feu du ciel, dis-je, n'est rien auprès du feu des hommes.

Paris vient de flamber, Londres est menacé d'être livré aux flammes, et voici qu'aux États-Unis, la terre promise de la liberté, des villes entières se mettent à brûler comme des bouquets d'allumettes. L'Amérique est toujours l'émancipatrice par excel-

10.

lence ; c'est là que se forment les metteurs de feu
dignes de leur mission ; et, de même qu'on disait
jadis : *grand pensionnaire de Hollande,* on dira peut-
être un jour : *grand incendiaire de la Louisiane.*

Siècle enchanteur, qui ne demande qu'à réduire
en cendres Saint-Pierre de Rome, la Sainte-Chapelle,
le Louvre, et ce qui reste du Parthénon ; au feu les
Raphaël, les Titien, les Véronèse ; au feu les merveilles des temps passés !

Le mot d'ordre est formel ; voici ce qu'a décidé le
Congrès de Gomorrhe, une ville détruite par les
procédés à la mode :

La crémation des chefs-d'œuvre.

Il est question, en ce moment, d'élever une statue
à Omar qui a brûlé la bibliothèque d'Alexandrie, et
à Erostrate qui se fit un nom en brûlant quelque
temple oiseux qui n'avait rien à faire ici-bas.

Omar a été nommé président honoraire, et Erostrate, vice-président *in partibus* du Congrès de Gomorrhe.

II

Le Congrès de Gomorrhe s'est réuni sous une
tente dressée sur l'emplacement de cette ville fameuse.

« — C'est ici, a dit le premier orateur, que la
« vengeance du peuple souverain s'est exercée pour
« la première fois ; car on attribue faussement à
« Dieu ce qui a été l'œuvre de nos semblables ; les
« prolétaires de Gomorrhe se sont vengés des riches

« en mettant le feu aux quatre coins de la ville.
« (Heureusement, à cette époque, on n'était pas
« assuré.)

« Nous avons voulu choisir cet endroit vengeur
« pour discuter le plan de l'embrasement univer-
« sel.

« Qu'on ne nous accuse pas de cruauté.

« Pour renouveler la société, il faut courageuse_
« ment brûler son matériel.

« Tant qu'il restera un vestige du passé, la réac-
« tion aura un refuge pour conspirer de nouveau
« contre la toute-puissance du peuple.

« De même qu'une cocotte qui se respecte, ne veut
« pas, quand elle aime véritablement, des meubles
« qui l'ont connue quand elle vivait dans le désordre
« *(ici quelques grognements)*, de même si le monde
« veut se régénérer, il doit faire table rase de tout
« ce qui nous a précédés.

« Je vous propose donc d'instituer les chevaliers
« de la table rase ; notre président honoraire, l'il-
« lustre allumeur Omar, sera naturellement le grand
« maître de l'Ordre. *(Applaudissements frénétiques...)* »

Le Congrès de Gomorrhe a élu pour représentants,
les citoyens dont les noms suivent :

A Londres, Brickson, esquire ; John Hyperbull et
O'fire, fenian des plus distingués.

A Paris, les citoyens Contramour et Pommedepin,
membres de la future Commune.

A Madrid, le senor Inflamadorès et don Ama-
douios, chauffeur de la Vieille-Castille.

A Rome, il signor Mazzini fils, et un arrière-bâtard de l'apothicaire de Savonarole.

A Berlin, Herr Fusen et Von Prudhommen, etc., etc.

Le Congrès s'est séparé en fixant une date précise pour l'incendie cosmopolite.

Cette fête doit avoir lieu dès la première gelée sérieuse.

Et, comme on disait dernièrement à un ami du travail :

— L'hiver sera rude, et le bois est terriblement cher !

Il répondit fièrement :

— Qu'importe ! nous nous chaufferons aux villes qui vont brûler.

III

Les compagnies d'assurances seraient fondées à se demander jusqu'où l'équité les engage ; dans les époques normales, l'incendie est une loterie ; mais, du moment que *tout le monde gagne*, comme aux macarons des Champs-Elysées, la loi de la tontine demeure fatalement abolie.

Du reste, le vent est à l'incendie ; après Chicago, c'est New-York ; après New-York, c'est la Westphalie qui s'en mêle.

L'autre jour, c'était un vaisseau qui brûlait dans le port du Havre ; le pétrole marche, il se répand, il entend submerger le monde ; le feu grégeois était de la Saint-Jean auprès de ce produit irrésistible.

Délicieux mode d'éclairage et bien favorable à l'épargne ; quatre pour cent d'économie sur les frais de chaque jour, mais la perte du capital tout entier.

Enfin, par une bizarre coïncidence, l'Opéra joue ce soir *Erostrate*. Erostrate fut, comme on le sait, le grand-père des pétroleurs.

Il va y avoir un moment où tous les spectateurs n'iront plus au théâtre que dans l'uniforme de pompier.

Les chimistes n'ont plus qu'une chose à faire : trouver le moyen de rendre la civilisation incombustible.

OU VA UNE VILLE QUI SORT

I

Laurent-Jan, un de ces princes de l'esprit qui ne se soucient même plus de régner dans un temps où la sottise court les rues, a fait une fois, sous ce titre : *Où va une femme qui sort ?* une étude restée célèbre.

Ne vous paraît-il pas intéressant de chercher ensemble comment doit se répartir, entre les divers points d'attraction, cette fourmilière cosmopolite qui croit devoir s'appeler : *les Parisiens ?* Suivons-donc la fringante Lutèce moderne pour découvrir *où va une ville qui sort...*

Les gens qui aiment à faire beaucoup de choses à la fois, choisissent Trouville comme centre de leurs opérations : Trouville, c'est Houlgate ; Houlgate, c'est Beuzeval ; Beuzeval, c'est Villers ; Villers, c'est Cabourg. Cet enchaînement de localités vous permet de jouir de ce fameux don d'ubiquité que Théophile Gautier désespérait de jamais posséder ; aimez-vous voisiner? allez vous installer sur ce point du littoral, les coquillages de l'Océan sont remplis du retentissement des commérages.

Les habitués du boulevard auxquels leur médecin, le docteur *Ça m'est égal,* a ordonné l'air de la mer, et qui ne peuvent se consoler de ne pas voir éteindre le gaz de Tortoni, se rendent généralement au Havre, qui cumule les fonctions de grande ville avec les meilleures conditions du bain de mer; Frascati, c'est plus Paris que Paris lui-même.

Les farouches vont faire pénitence dans la baie de Douarnenez, une adorable retraite où la mode, heureusement pour les voyageurs, n'a pas encore pénétré; dans l'intervalle de deux bains, on va visiter quelques menhir et quelques dolmen, et on parcourt les forêts solitaires en redemandant le roi Arthur qui reviendra un jour départager les partis monarchiques.

Les ennemis de la gêne qui ne peuvent respirer qu'en vareuse et qui ont la tête près du béret, vont purger leurs élégances d'hiver aux falaises d'Etretat; à la recherche de coquillages inutiles, ils savourent la volupté d'être mis comme des forçats en rupture de ban, eux qui le reste de l'année font frémir d'orgueil Véronique et Renard.

Les hommes sérieux se dirigent vers les Sables d'Olonne, une de ces plages solennelles où l'hydrothérapie salée n'est pas une plaisanterie.

Les classes moyennes, les professeurs, les ingénieurs en retraite, les inspecteurs divisionnaires, les bureaucrates qui ne veulent plus être dérangés adoptent de préférence Fécamp et Saint-Valery-en-Caux.

Les messieurs et les dames qui apprennent l'anglais croient devoir se décider pour Boulogne où les garçons d'hôtel vous disent : *Yes, Sir*, et où votre femme de chambre s'appelle couramment *miss Kate*. C'est une façon d'apprendre la langue britannique; dans quelques établissements de premier ordre, on décerne même des prix aux voyageurs.

II

Dieppe était le grand bain de mer de la Restauration : *l'océan de Madame*, comme il y avait le *théâtre de Madame;* une tradition de famille y pousse les héritiers respectueux. — Où allez-vous cette année, mon cher comte? — A Dieppe. — C'est un peu vieux cet endroit-là. — C'est le bain de ma mère !

Les anglomanes, qui se croient plus britanniques que les sujets de la reine Victoria eux-mêmes, et qui se chantent à Paris le *God save the Queen,* n'hésitent pas une seconde, coûte que coûte, à se retremper à Brighton dans l'élément qui leur paraît national; leur bonheur est de ne plus entendre dire un mot de français.

Les martyrs politiques, qui fuient l'oppression des diverses cours, se réunissent à Ostende, ce libre-port de la libre Belgique, où l'on n'est libre électeur qu'à la condition de payer quarante-deux francs de cens,

11

ce qui serait considéré faubourg Montmartre comme
une atteinte à la souveraineté du peuple.

Les diplomates qui ne veulent rien laisser deviner
sur leur physionomie vont chercher les lames dis-
crètes de Scheveningue, à proximité de La Haye.

Les malades qui ont des affections bizarres et inconnues, se plaisent à découvrir au fond de l'Alle-
magne, des sites thermaux et impossibles à prononcer; il y a d'ailleurs quelque chose qui chatouille
la vanité, au lieu de répondre tout bonnement : Je
vais à Vichy, de pouvoir dire :

— Dans cinq jours je serai à Wesslinkisslungen.

On revenait de là, jadis, avec un petit air allemand
qui vous conciliait tout de suite les bonnes grâces de
la haute banque.

Les critiques sans ouvrage poursuivaient autrefois
le long du Neckar l'image adorée de Marguerite, et
l'écho répondait à leur voix : *Rouge perd et couleur.*

Les calculateurs qui ont des systèmes rafraîchissent
leurs idées sous les ombrages du jardin de *Monte-
Carlo.*

Les patriotes enragés vont vaillamment visiter
Senlis et Pont-Sainte-Maxence, en s'écriant :

— C'est vraiment honteux que les Français ne
fassent rien pour connaître la France.

Les braves marins qui ont accompli le tour du
monde se contentent d'opérer une reconnaissance
jusqu'à Asnières, dont le feuillage baigne de plus en
plus dans la friture.

Les petits fournisseurs encombrent Nogent-sur-

Marne où ils font des confitures avec les fruits de leurs propriétaires.

Les entêtés qui ont toujours rêvé l'ascension du Mont-Blanc, écrivent aux principaux guides de Chamounix et attendent leur réponse.

Les natures nerveuses vont passer quelques semaines à San-Francisco pour changer d'air.

Les montagnards — il y a des montagnards dans les salons comme à la Chambre, — ne donnent plus à partir du 15 juillet de rendez-vous que dans les Pyrénées. Il leur faut des *cols*, des pics, des précipices, des glaciers; ils sonnaient du cor de chasse à Fontainebleau et à Chantilly; ils sonnent de l'olifant à Roncevaux où ils essaient de retrouver les vestiges de Roland.

Les mères qui ont des filles à marier, et qui sont à remarier elles-mêmes, affectent les ports de mer désolés; une maison de pêcheur, voilà ce qu'elles demandent; seulement elles font dans ce trou perdu des toilettes à tout casser, et les jeunes seigneurs abondent sur le galet.

Les tempéraments précis, chez qui tout se passe à l'heure militaire, ne comprennent que Saint-Malo dont on peut décrire le circuit en seize minutes montre en main; on se produit l'effet d'une aiguille humaine qui parcourt l'orbe d'un cadran.

Les vicomtes pour rire vont se mettre au vert chez leur fermier qui fait la grimace, et appellent une masure en chaume : le château de leurs ancêtres.

Les *petites dames* profitent de cette occasion pour

embrasser dans les endroits les plus reculés leur famille rustique toute fière des beaux succès qu'elles ont à Paris. Mlle Atôme Crochu est si heureuse de revoir sa sœur qui garde les génisses, et son petit frère qui déniche des merles! Puis on se refait si miraculeusement des nuits de la Maison d'Or en se couchant à sept heures du soir et en mangeant du vrai pain bis!

En attendant, les araignées tissent leur toile le long des persiennes les plus mouvementées; on voit voltiger dans l'air des P. P. C., l'herbe croît sur le bitume que foulaient les boursiers du soir, et dans les villages, les amoureux qui craignent d'être découverts se disent :

— Allons rue Vivienne, nous serons tout à fait seuls.

Et quand on demande à la garde qui veille aux barrières de l'octroi :

— Paris, monsieur?

Il vous répond :

— Paris est sorti; je ne sais pas quand il rentrera.

LES CRIMES DU LAPIN

COUR D'ASSISES DE LA FABLE

PRÉSIDENCE DE M. DE LA FONTAINE

> Jean Lapin allégua la coutume et l'usage :
> « Ce sont leurs lois, dit-il, qui m'ont de ce logis
> Rendu maître et seigneur, et qui, de père en fils,
> L'ont de Pierre à Simon, puis à moi Jean, transmis. »

I

Voici les faits tels qu'ils résultent de l'acte d'accusation :

« Depuis un temps immémorial, les lapins sont la terreur de ceux
« qui les manquent : il n'est sorte de vexations dont ces farouches
« animaux n'aient abreuvé d'inoffensifs chasseurs. Tantôt ils mettent
« leurs chiens sur les dents, tantôt ils se cachent traîtreusement der-
« rière un arbre pour éviter un coup de fusil des plus innocents ;
« d'autres fois, ils façonnent des mottes de terre, de façon à leur
« donner un air de ressemblance avec leur espèce et à faire perdre
« aux tireurs indigents leur poudre et leur plomb. Souvent encore
« ils poussent l'effronterie jusqu'à se promener en masse sous le nez
« de jeunes gens sans armes, et à gêner ainsi la circulation des forêts.

« Retirés au fond de leurs sombres garennes, ils méditent sans
« cesse de nouveaux complots contre les promeneurs champêtres ;
« ce sont des amants qu'ils dérangent ou des braconniers qu'ils
« dénoncent ; ils mangent les récoltes, ils boivent l'eau des sources

« destinées à désaltérer des bandes joyeuses ; on a vu récemment à
« Chantilly et à Compiègne des escouades de lapins provoquer les
« meutes.

« Un tel état de choses ne pouvait durer : un de ces derniers ma-
« tins, les généreux chasseurs qui sont toujours revenus bredouille
« s'étaient concertés à leur tour pour mettre un terme à cette série de
« vexations arbitraires ; si leurs pères avaient patiemment souffert
« un régime où tout le serpolet de la France passe à une classe pri-
« vilégiée, tandis que certains villages ont à peine de l'herbe pour
« se nourrir, ils ne se sentaient plus d'humeur à se trouver traqués
« dans leurs excursions ou entravés dans leurs plaisirs ; une chose
« les indignait surtout, c'était d'entendre dans les clairs taillis, sous
« les grands marronniers, les lapins crier insolemment : *Marchand*
« *d'peaux d'chasseur !*

« Une démonstration loyale qui n'avait que la prétention d'être
« une leçon au césarisme des terriers, fut organisée par ces Brutus
« qui ne peuvent même pas souffrir la reine des abeilles.

« En vain les *indépendants* avaient soutenu dans une réunion
« préparatoire que le gibier rend en chair et en dépouille ce qu'il
« consomme en plantes champêtres, que les lapins étaient sacrés dans
« l'île de Délos, et qu'ils logeaient dans des gîtes de marbre ; —
« n'est-ce pas assez pour nos ennemis, ajoutaient-ils en manière de
« péroraison, de recevoir, après leur décès, tant de renfoncements
« à l'état de chapeau ?

« Les *irréconciliables*, qui n'étaient pas moins ferrés sur leurs
« classiques, répondaient péremptoirement que jadis les habitants
« des îles Baléares envoyèrent à Rome des ambassadeurs, pour les
« secourir contre la concurrence de ces premiers *partageux*.

« Bref, on proclama traître à la patrie celui qui consentirait encore
« à subir les violences du lapin — fût-ce le lapin blanc, ce repré-
« sentant du parti légitimiste, — et *le peuple*, c'est-à-dire quinze
« cents personnes, se porta vers le soir aux endroits de plaisance où
« la *grise* fait sa ronde. — Quel délit commettaient ces tranquillisa-
« teurs qu'on voudrait faire passer pour des agents de perturbation ?
« Ils se bornaient à crier près d'un ancien lapin qui passait : *Vive la*
« *gibelotte !* ou *Vive monsieur votre fils, sauté !*

« Tout d'un coup surgit d'une rabouillère une colonne de lapins,
« forte de vingt-cinq quadrupèdes, qui s'élance avec une fureur
« inconcevable sur ces quinze cents hommes sans défense. Un domp-
« teur, qui jonglait la veille avec des tigres du Bengale, reçoit un
« coup de patte qui l'étend sur la fougère; un lycéen est grièvement
« blessé à la casquette; on prétend qu'un lapin savant, qui avait
« conservé le fusil servant à ses exercices, le déchargea sur un
« vieillard déjà à la tête de trente-sept révolutions; un mauvais plai-
« sant, qui songe à toutes les faveurs demandées et obtenues, s'écrie :
« *On égorge nos frères!* Un sauve-qui-peut général se produit, et
« les lapins peuvent dire avec leur arrogance habituelle : « L'ordre
« est rétabli dans la forêt de Fontainebleau, » pendant qu'aux gorges
« d'Aspremont on est obligé d'établir plusieurs ambulances. »

II

Mais un-pareil scandale ne pouvait demeurer sans
impunité, et aujourd'hui les coupables, arrêtés par
des braconniers, comparaissent tous devant la justice. Me Esope, Me Phèdre, Me Florian, sont assis au
banc de la défense; M. Alfred Nemrod occupe le
siége du ministère public.

LA FONTAINE, *distrait*

Je crois, Messieurs, devoir prononcer le huis-clos.

QUELQUES DAMES, *qui s'éventent*

Mais pourquoi cela, Monsieur le Président?

LA FONTAINE

Pardon, je pensais à Madame Honesta; faites
entrer les inculpés.

Le principal accusé, Jean Lapin, est introduit ; son air féroce et son regard oblique excitent une sourde rumeur dans l'auditoire.

LA FONTAINE

Jean Lapin, levez-vous. Vous avez servi dans plusieurs foires, rien ne doit vous être plus facile : où êtes-vous né ?

JEAN LAPIN

A Clichy-la-Garenne.

LA FONTAINE

Où comptez-vous finir vos jours ?

JEAN LAPIN

Dans la retraite, Monsieur le Président.

LA FONTAINE

Vous sortez de la question. Vous avez des antécédents déplorables ; en 1867, à la fête de Saint-Cloud, vous avez commencé un roulement de tambour pour effrayer les passants.

JEAN LAPIN

J'exécutais les ordres que j'avais reçus.

LA FONTAINE

En 1868 on vous reproche plusieurs arrestations arbitraires ; vous vous livriez aux manœuvres sui-

vantes : vous cachiez avec des feuilles sèches les
piéges à loup disséminés dans la forêt, afin d'y faire
tomber les chasseurs de bonne volonté, et vous
creusiez de faux terriers qui étaient pour messieurs
les bassets de véritables souricières.

JEAN LAPIN

On a tiré cinquante-huit fois sur moi sans me tuer,
Monsieur le Président, mais je n'ai jamais fait de
mal à un chien, pas même à une puce ; demandez
plutôt à l'agneau !

Un agneau se présente comme témoin à décharge,
mais la désapprobation énergique de l'assistance le
force à se retirer au milieu des huées.

LA FONTAINE

Le témoignage du loup aurait pu vous être de
quelque utilité ; mais vous savez bien que l'agneau
est suspect, même sous la forme de côtelettes.

Mᵉ ÉSOPE

Un peu de bienveillance, Monsieur le Président,
imitez-moi.

LA FONTAINE, *inclinant la tête*

C'est ce que j'ai déjà fait, Mᵉ Ésope.

Mᵉ PHÈDRE

On n'est pas plus gracieux.

11.

LA FONTAINE

Enfin, Jean Lapin, il y a quelques jours, vous avez chargé, sans la moindre attaque de sa part, une foule qui n'avait que des fusils à deux coups.

JEAN LAPIN

Je suis passé le premier, c'est vrai, entre les jambes d'un maladroit qui m'ajustait.

M. ALFRED NEMROD

S'il était maladroit, raison de plus pour pratiquer cette belle maxime si consolante pour les anarchistes :

Laissez faire, laissez passer.

LA FONTAINE

La cause est entendue. *(A Jean Lapin)* : Vous pouvez vous asseoir. Amenez Simon Lapereau.

Simon Lapereau arrive en frétillant ; ce scélérat est à peine formé, et sa vue excite dans le prétoire un certain intérêt.

LA FONTAINE

Si jeune encore, monsieur, faire un pareil métier ! Vous avez eu, dit l'instruction, une rixe avec un furet.

SIMON LAPEREAU

Je suis bien coupable, je le reconnais ; mais à l'avenir, je vous jure de me laisser étrangler.

Après les plaidoiries et le réquisitoire, de La Fontaine résume les débats avec son impartialité habituelle, et le tribunal se retire pour se recueillir.

Au bout de sept secondes de délibération, la cour rentre en séance, et le chef du jury, la main sur le cœur, prononce ces paroles d'une voix émue :

« Sur mon honneur et sur ma conscience, oui, l'accusé est coupable; il est manifeste pour nous, dans ce différend entre le chasseur et le lapin, que c'est le lapin qui a commencé. »

En conséquence, la cour prononce l'arrêt suivant :

« Jean Lapin est condamné à la peine de mort.
« L'exécution aura lieu dans la principale cuisine
« de Brébant.

« Simon Lapereau, considéré comme ayant agi
« sans discernement, sera enfermé jusqu'à l'âge
« qu'il plaira aux autres restaurateurs, dans un cla-
« pier de correction. »

LE VIN DE CHAMPAGNE

Toutes les orgues de Barbarie ne sont pas dans la rue ; combien y a-t-il de ritournelles féroces qui vous assassinent l'oreille, et dont on n'a pas la ressource de se débarrasser en leur jetant une pièce de monnaie !

De ce nombre est la série de préjugés inamovibles qui frappent le vin de Champagne.

Vous entendez dire à des gens graves qui rendent des arrêts quand ils daignent ouvrir la bouche :

« Le champagne n'est pas un vin. »

Ou bien :

« Le champagne est un vin fabriqué. »

Ou encore :

« Le champagne ne se conserve pas. »

Les gens légers, perroquets des gens graves, répètent à qui mieux mieux ces formules consacrées, et voilà comment une sornette qui devient un mot d'ordre empêche la vérité de passer.

On dirait vraiment que la Champagne est un décor d'opéra-comique où des personnages habillés en négociants feignent de récolter des raisins dus au pinceau magique de Diéterle et Despléchin !

Serait-ce donc M. de Leuven qui, avec l'agrément de M. du Locle, aurait commandé ces trente ou quarante lieues carrées de vignes bien exposées au soleil ?

Mais j'oubliais que, pour un parti très-décidé à nier l'évidence, le soleil n'existe ni pour l'Angleterre ni pour le nord de la France, et qu'il est particulièrement réservé à l'Italie.

On grelotterait à Naples, qu'on dirait : « Quel ciel ! » On trouverait à Londres le firmament le plus éblouissant, qu'on ferait semblant de ne pas voir clair.

Cette astronomie de bon ton n'est pas près d'avoir fait son temps. Musset a dit, en parlant de nos mois de septembre :

> Un triste mois chez nous, mais un mois sans pareil
> Chez ces peuples bénis qu'a dorés le soleil.

Or, s'il y a un mois délicieux dans notre latitude, c'est bien ce moment où se confondent avec tant de douceurs les teintes de l'été et de l'automne; daignez vous rappeler seulement les splendides couchers de soleil de Paris.

Autre illusion de mise en scène : dans le département de la Seine, le soleil n'est pas un astre, de même que le vin de Champagne n'est pas un vin.

Faut-il donc apprendre aux oracles que, deux cents ans avant que le bourgogne et le bordeaux eussent fait leur apparition sur les tables, le champagne était le vin national par excellence, le vin des rois et des grands seigneurs ?

Si le champagne n'était pas un vin, si ce liquide calomnié devait à l'artifice son existence, comment se ferait-il que, récolté tout simplement comme le mâcon ou le médoc, il donnât à l'état de vin rouge les produits les plus fins et les plus exquis ?

Si le champagne était resté vin rouge, il aurait vu s'incliner devant lui les gourmets les plus sceptiques; en passant vin blanc, il déconcertait déjà les dégustateurs inexpérimentés; en devenant vin mousseux, il a couru au-devant des critiques toutes faites.

Et même sur ce point, la science a raison et l'ignorance se trompe.

C'est à leur faculté de garder leur sucre et de pouvoir être arrêtés dans leur première fermentation que les vins de Champagne doivent d'être les premiers vins mousseux du monde ; ils avaient, par leur nature même, une véritable prédestination pour la grande industrie dont ils sont les fondateurs et les dominateurs légitimes.

C'est une autorité que je viens de citer là, le docteur Jules Guyot, qui ajoute : « Demain, la Champagne cesserait de produire les vins mousseux pour ne donner que des vins secs, qu'elle ne produirait point assez pour suffire aux demandes, comme Sauterne, comme Montrachet et vingt autres crûs de bon et franc aloi. »

Le champagne n'est pas un vin fabriqué. D'abord, il peut devoir sa mousse à son propre sucre; mais, quand on y ajoute ce qu'on appelle de la liqueur, c'est-à-dire du candi le plus pur dissous dans du vin vieux, est-ce qu'il y a là fabrication, dans le sens exact du mot?

Lorsque vous sucrez votre demi-tasse, peut-on dire que vous fabriquez du café?

Je dirai de même pour l'addition très-rare d'alcool dans le vin de Champagne.

L'alcool est une des parties constitutives du vin : il n'y a rien de plus admissible, au cas où cet élément indispensable ne serait pas en quantité suffisante, que d'y suppléer physiquement. On ne fabrique pas un homme, parce qu'on fait prendre à un individu, dont le sang n'est pas assez riche, des ferrugineux.

Cette médication s'emploie pour tous les vins; seulement, on ne pense à en faire un reproche que pour le champagne, de même que c'est lui seul qu'on songe à accuser quand, après un dîner copieux où l'on a fait succéder au madère à bon marché le bourgogne et le muscat, on éprouve quelques brûlements d'estomac; on attribue au vin de Champagne, qu'en général on ne sait pas boire à propos, le malaise qui est le résultat de tous ces mélanges.

En Champagne, où l'on ne regarde pas comme un

événement de déboucher une bouteille de Verzenay ou d'Aï, c'est avec le rôti qu'on déguste le vin mousseux ; pris avec des entremets et surtout avec des glaces, le meilleur produit de la plus belle année n'est plus appréciable.

Dans beaucoup de maisons, pour jouer la magnificence tout en pensant à l'économie, on met des flûtes à champagne à côté des autres verres ; mais c'est au dessert seulement qu'on fait sauter le bouchon dont le tapage indispose déjà les nerfs délicats : or, le champagne au dessert est une hérésie.

Loin d'être un vin hostile à l'estomac, le champagne est le plus innocent et souvent le plus efficace de tous les liquides ; les médecins savent quels services il a rendus dans les affections putrides ; beaucoup de cas de choléra ont été traités très-heureusement par le vin de Champagne.

En 1777, un des grands médecins du xviiie siècle, Claude Navier, réfutait vaillamment le préjugé qui considérait comme dangereux l'usage des vins mousseux, et il prouvait que l'antiseptique le plus puissant était précisément ce vin de Champagne où l'on feignait de découvrir tant de principes pernicieux.

Il n'y a, du reste, sorte d'erreurs dont le champagne n'ait été victime.

Que de fois n'entendez-vous pas dire : « Les vins de Champagne ne se conservent pas ! »

C'est absolument faux : faits de raisin blanc, ils peuvent se graisser au bout d'un certain nombre d'années ; faits de raisin noir, ils ont la durée des plus fermes bourgognes ou des plus solides bordeaux.

Nous avons bu, il y a quelques années, du vin de Champagne de 1825 ; il rappelait par son bouquet le steinberg et le château-yquenm.

Loin que le champagne ne puisse se conserver, nous trouvons au contraire qu'on ne sait pas attendre ce vin : on devrait lui faire le crédit qu'on fait à tous ses rivaux ; la mode du vin frais est en train de prévaloir dans l'expédition champenoise, mais cette mode est trop d'accord avec l'intérêt du producteur pour que le consommateur ne la discute pas. Sachez patienter ; au bout de cinq ou six ans, ce vin qui n'a que le pétillement de la jeunesse prendra une saveur sérieuse qui vous révélera sa vraie valeur ; on déclasse l'Aï et le Sillery à force de vouloir les boire trop vite.

Si vous restez convaincu que l'industrie champenoise est un art qui se passe de la nature, buvez du Bouzy rouge, qui n'est pas autrement fait que le Musigny ou le Léoville, et vous verrez dans quelle erreur grossière vous menacez de persévérer. Le Bouzy a tout l'arome du bourgogne, moins le feu, et toute la distinction du bordeaux. Le Bruyère-de-Mailly, le Vildomanche, le Vertus sont des crus très-francs et qui achèveront votre conversion.

Je résume en trois points pratiques cette étude, qu'il serait facile de développer :

Le champagne est un vin ; — le champagne n'est pas fabriqué ; — le champagne, placé dans un endroit froid et sec, peut se garder indéfiniment; — le champagne, au lieu d'être un poison, est un antidote.

Libre, après ces trois affirmations prêtes à toutes les expériences, libre à ces moutons de Panurge qui portent leur laine en habit noir, de continuer à suivre l'évangile de la Routine.

LES COQUETTERIES DE LA FORTUNE

HISTOIRE DU SEIGNEUR TULLIUS

I

Il est convenu que depuis la seconde moitié du
XIXe siècle, on ne *meurt plus d'amour* ; on voit bien
encore des gens *mourir de dépit*, car le bonheur
d'autrui rentré est une maladie qui fait toujours des
victimes ; mais quant aux suicides dus à quelque
belle passion, la statistique, si copieuse sur tous les
autres chapitres, est assez pauvre à cet endroit spécial.

Il y a quelques années encore, une ou deux cuisinières, par raison, offraient ce sacrifice à l'idéal ;
les âmes romanesques avaient la consolation de lire
dans les papiers publics : « Une jeune fille s'est précipitée hier dans la Seine du haut du pont de la
Tournelle ; un bateau de sauvetage est arrivé à
temps pour arracher l'infortunée à une asphyxie
imminente. On attribue cet acte de désespoir à des
chagrins de cœur. »

Mais aujourd'hui le prosaïsme a envahi jusqu'à
l'âme des cordons bleus ; Justine ou Adèle ne serait

plus si bête de se périr pour les beaux yeux d'un
infidèle, et quand elles allument un réchaud de
charbon, ce n'est que pour les besoins du service.
La chambre de bonne est devenue positiviste comme
l'appartement de quinze mille francs.

J'ignore s'il existe réellement un code du refroi-
dissement des passions, mais ce que je sais, c'est
qu'en plein 1867, le héros de cette histoire, le seigneur Tullius, était décidé à ne pas supporter la vie
si une famille barbare lui refusait la main d'une
jeune fille qu'il adorait et dont il n'était pas haï.

Je ne perdrais pas du temps à vous faire le portrait du seigneur Tullius, les hommes, en général,
ne méritent guère les honneurs de la description
plastique, et Tullius n'avait rien de particulier qui
le sortit précisément de la foule ; jamais une petite
voix n'eût dit en parlant de lui : « Il est beau comme
un ténor ! »

Sachez seulement que notre personnage venait à
peine d'entendre sonner ses vingt-cinq ans, que son
élégance un peu hautaine ne rappelait en rien
M. de Vestoncourt et son école, et qu'il possédait
encore à lui tout seul autant d'illusions que tous
les petits crevés réunis peuvent compter de désen-
chantements.

Malheureusement Tullius n'était pas riche et l'objet de ses rêves appartenait à des parents inflexibles
sur les principes qu'ils exigeaient de leur gendre. Une
corbeille qui n'aurait pas contenu au moins pour
200,000 fr. de petits chiffons bleus signés : *Soleil*,

ne présentait aucune chance d'être agréée ; or, c'est tout juste si Tullius était capable, en réalisant toutes ces ressources, de fournir le tiers de cette somme.

Pourquoi n'avouerai-je pas qu'il s'en alla à Monaco avec la sauvage préméditation de faire sauter la banque ou de sauter lui-même ?

Elle était si jolie, Mlle Louise, la fille unique de ces braves rentiers décidés à ne pas tolérer une concession de cinquante centimes sur le prix arrêté en Conseil de famille pour laisser entreprendre le bonheur de leur enfant.

Mlle Louise avait des espérances ; il était question de faire passer un chemin de fer sur l'emplacement du parc de ses pères. Or, les mortels qui couvent les honneurs de l'expropriation nourrissent un orgueil intraitable.

Tullius, certain de ne pas attendrir les deux époux, fit, comme nous l'avons dit, des avances à la Fortune.

La Fortune répondit à ses sourires par une très-vilaine grimace : en quittant le site enchanté de Monaco, il restait à Tullius mille écus qu'il avait prêtés à un ami.

L'imprudent prit la détermination de se brûler la cervelle ; à quoi servirait-il de dissimuler ses torts ?

Seulement Tullius avait une vieille mère qu'il chérissait ; grâce à une rente viagère, elle se trouvait à l'abri du besoin ; il pouvait, à la rigueur, disposer de sa propre existence sans compromettre des jours plus intéressants que les siens ; un frère et une sœur

qu'il laissait près d'elle atténuaient la gravité de sa
désertion, mais il ne voulait pas lui porter brusquement un coup qui pouvait être fatal. Tullius résolut
de partir pour l'Amérique avec le dernier argent
qu'un service rendu lui avait ménagé ; du Nouveau-
Monde, une série de lettres habilement graduées
devait préparer Mme *** à la fin de son fils ; il serait
censé mort de maladie ; un ami qu'il comptait à la
Nouvelle-Orléans se chargerait de cette commission
délicate.

Ces lettres, il eut le temps de les écrire, bien
tendres et bien calculées d'expression, pendant la
traversée de l'Océan ! Quand il débarqua, le roman
de son décès était complet, et il n'y avait pas un
erratum à y rêver.

II

C'était le 13 avril 1867 ; un temps charmant ré-
gnait dans la capitale de l'ancienne province française. Tullius, à peine sorti du navire, fit une
toilette sévère, je crois même qu'il se permit une
dernière cravate blanche, et grave comme un quaker
se mit à la recherche de son correspondant.

Fatherson n'était pas chez lui ; il le trouva dans
l'exercice de sa profession, debout sur une estrade
très-élevée, et en train de vendre des terrains ; la
scène se passait sur une grande place encombrée
d'acheteurs, et Tullius ne parvint pas à fendre la
foule.

Il adressa un signe de reconnaissance à Fatherson qui était en train de crier : « Vingt mille dollars. »

Fatherson ne remettant pas cet étranger, qui avait beaucoup changé depuis leur dernière entrevue, et qui d'ailleurs ne s'était pas fait annoncer, interpréta le geste de Tullius dans le sens d'une surenchère et fit retentir l'air de ce cri de triomphe :

— Vingt-cinq mille dollars !

Tullius ne comprit pas et agita de nouveau le bras droit.

— Trente mille dollars !

Il répéta deux ou trois fois sans succès le mouvement. Au bout de dix minutes, il se vit entouré par plusieurs délégués d'une compagnie anglaise qui, arrivés trop tard, lui offraient deux cent cinquante mille francs de bénéfice sur le marché qu'il venait de faire.

Un énorme lot de terrain venait de lui être adjugé.

Tullius accepta gravement. Il savait parfaitement l'anglais et regarda sa montre.

Il était neuf heures du matin à la Nouvelle-Orléans.

Il était à Paris trois heures de l'après-midi, en tenant compte de la différence de latitude. Dans quarante-cinq minutes Mlle Louise devait se marier à la mairie du 17e arrondissement ; la fille du rentier épousait, bien à contre-cœur, un monsieur qui avait le double de son âge.

Tullius courut au câble transatlantique et expédia une dépêche, qu'il trouva bon marché en ne la payant que quatre mille huit cents francs.

Louise allait dire le oui fatal, quand une main mystérieuse lui remit un pli à ouvrir d'urgence. Elle le décacheta et lut :

« *A Mademoiselle Louise N., à Paris.*

« J'ai l'argent ; attendez-moi par le prochain paquebot. Je vous adore. Faites publier les bancs.

« TULLIUS. »

L'officier municipal répéta sa demande :

— Consentez-vous, etc.

— Non ! dit-elle d'une voix forte.

Stupéfaction générale, rumeurs, éclat, mariage suspendu. Je demande pardon à mes lecteurs si le style du télégramme gagne le narrateur lui-même.

Huit jours après, Tullius arrivait à Paris avec les deux cent cinquante mille francs que le hasard lui avait fait gagner par un malentendu. Fatherson, qui n'était pas fâché d'avoir un prétexte pour venir voir l'Exposition, accompagnait son ami, dont il devait être le premier témoin.

Le lundi suivant, Saint-Philippe-du-Roule voyait les deux fiancés recevoir la bénédiction nuptiale, et le beau-père disait à Tullius :

— Vous voyez bien, jeune homme, que je n'avais pas tort ; j'ai toujours dit qu'avec de l'ordre on arrive à tout.

L'HOMME AUX POISSONS ROUGES

I

On sait que plus nous allons, plus la mode est aux *aquariums*. Une maison qui se respecte croirait manquer aux lois du *confort* si elle n'installait pas dans son salon une de ces grandes boîtes carrées en verre, remplies d'eau saumâtre, et où l'on surveille la formation des polypes.

Autrefois on avait une *volière* ; aujourd'hui on a un *aquarium*. Jadis on s'amusait à suivre le manége subtil des bengalis ; à l'heure qu'il est, l'œil des petites maîtresses se repose avec délices sur les faibles évolutions des infusoires sous-marins.

Savoir si l'éponge est décidément une plante ou un animal, quelle question délicate ! Voir palpiter ce qu'on croit un simple objet de toilette, quelle douce surprise !

Etre regardé par un crabe qui agite ses pinces, ô volupté inconnue chez les anciens !

Sentir près de soi un polype, apprivoiser des zoophytes, n'est-ce pas un régal plus friand que de priver des chardonnerets?

Aussi fabrique-t-on des *aquariums* pour toutes les fortunes. Il en est qui affectent des dimensions imposantes, d'autres sont d'un assez petit volume pour se poser sur des cheminées; vous verrez qu'on finira par trouver l'*aquarium* de poche, avec une toute petite *pieuvre* pour s'amuser, une *pieuvrette*.

Je ne chicane pas le monde moderne sur ses goûts, et je trouve même assez juste que les poissons aient leur tour, quand les oiseaux ont si longtemps joué le premier rôle. On est las du ramage des serins, et le silence des mollusques est la leçon des bavards. Je trouve quelque chose de piquant à pouvoir mettre l'Océan sur une étagère, et cette nouvelle conquête de l'homme sur la mer caresse jusqu'à un certain point la fierté, mais celui que je plains de toutes mes forces, c'est le précurseur méconnu de ce grand mouvement maritime à domicile, c'est le doyen des *icthyophiles* (pour faire suite aux *icthyophages*), c'est le généreux esprit qui avait rêvé trente ans trop tôt l'avénement des *poissons rouges !*

II

Il voyait dans l'application du *frai* à l'art le renouvellement de la décoration moderne; il universalisait les *poissons rouges*. Nouveau Vatel, il se serait volontiers percé de son épée, si cette autre marée faite pour la joie des yeux avait manqué quelque part.

C'est lui qui songeait à fonder cet immense hôtel que devait surmonter une énorme sphère de cristal où auraient tourbillonné sans relâche un banc tout entier de ces rivaux aquatiques de l'écureuil qu'on nomme : les *poissons rouges*. De loin, fasciné par cette rotation étincelante, l'étranger prenait fatalement la direction de cette maison mystérieuse qui était bientôt fameuse dans toute l'Europe. Quel père de famille eût pu refuser à ses enfants de les conduire à l'*hôtel des Poissons-Rouges* ? Quelle enseigne figurée aurait pu lutter de pittoresque avec cette enseigne en action ? — Le *Lion d'or*, l'*Ecu d'argent*, les *Armes de France* ? Faibles abstractions qui parlent à peine à l'imagination ! Symbole vivant, c'était le Réalisme vainqueur ! L'Europe conquise se disputait les chambres de ce caravansérail béni par Neptune.

Les capitaux faiblirent pour l'exécution de cette grande idée ; mais, en attendant, il installa partout, dans les boudoirs comme dans les antichambres, dans les bibliothèques comme dans les oratoires, de ces bocaux de luxe qui irritent profondément le pêcheur à la ligne, forcé à la neutralité.

Sous la végétation, au milieu des étoffes, à l'état de *suspension* ou d'ornement central d'une table ou d'un buffet, ce Français ingénieux trouvait le moyen de faire reparaître ces *cyprins dorés,* qu'il chérissait d'une affection toute chinoise.

12.

Il eut un beau jour dans sa vie : ce fut celui où, la mode adoptant sa manie, la Providence permit qu'on fît reposer les billards sur quatre boules garnies de poissons rouges. Il y a trente-cinq ans, à une des expositions industrielles, on vit figurer cette délicate monstruosité ; les raffinés se souviennent encore d'avoir inauguré chez un de nos grands seigneurs les plus célèbres le *billard monté sur poissons rouges.* Chaque roulement de billes imprimait un frémissement à la masse liquide ; au moindre carambolage, les cyprins levaient la tête effarée ; à chaque manque de touche, ils semblaient respirer avec délice ; on eût dit qu'ils suivaient la partie et qu'ils marquaient les points. Il est certain que ce qu'on appelle la *série* accélérait leur révolution, et que les *effets rétrogrades* leur communiquaient un léger mouvement de recul ; quelquefois, dans leur course précipitée, quelques-uns se touchaient, et je ne sais quoi dans leur attitude semblait dire : « Ne faites pas attention, c'est un *raccroc* » ; d'autres affectaient un air de supériorité qui signifiait : *Je vous en rends dix sur vingt.*

O instabilité des choses humaines ! le billard animé (j'allais dire le billard animal) n'a vécu qu'une saison. Le Chamillard qui l'avait découvert n'a pas eu la tristesse de lui survivre, mais je ne parierais pas que d'ici à quelque temps on ne s'écrie, en regardant les pieds des nouveaux modèles construits pour la poule : Où l'*aquarium* va-t-il se nicher ?

Le génie est toujours un peu méconnu ; il ne fut

pas donné à notre héros de pouvoir baptiser son époque : le siècle des *poissons rouges*.

Une déconvenue l'attendait après cet instant de triomphe. On donnait ce jour-là, dans un de nos palais nationaux, une grande fête publique; il fallait à tout prix être neuf et magnifique; tout le monde se creusait la tête pour ne pas tomber dans les redites.

Précisément, l'amirauté anglaise venait de refuser à un fabricant parisien un lustre fastueux qui figurait un vaisseau; on l'avait trouvé trop lourd, à l'œil ou à la bourse, je ne sais plus au juste.

Assez désappointé, le lustrier eut l'heureuse idée d'utiliser son produit : il offrit de louer pour la fête qui se préparait cette pièce tout à fait extraordinaire; le marché fut accepté, et le lustre méprisé par l'ingrate Albion eut les honneurs de la grande salle de bal.

Instruit de ce détail, l'homme aux poissons rouges se présenta dès le lendemain chez l'ordonnateur de la fête; il venait proposer un motif de décoration qui devait compléter d'une façon saisissante l'effet du lustre à bâbord et à tribord.

Le conseil fut assemblé et ouvrit complaisamment l'oreille.

L'enragé émit le projet de suspendre au-dessous du bloc de cristal une vasque grandiose garnie de *cyprins*.

— Vous n'avez que le vaisseau, leur disait-il, la mer vous est indispensable; je vous l'apporte avec ses poissons.

Un immense éclat de rire accueillit cette ouverture ; le Christophe Colomb de l'*aquarium* ne devait pas survivre à tant d'hilarité : frappé au cœur, il s'éteignit quelque temps après au milieu de ses poissons qu'il avait tant aimés, et dont il ne lui était pas réservé de voir la haute fortune. Ce fou de la veille n'était pourtant qu'un sage du lendemain ; sur combien bien de cervelles, qui au contraire semblent rassises, ne pourrait-on pas mettre l'inscription fameuse :

E PUR SI MUOVE !

OÙ QUE DEVIENNENT LES TABLEAUX

APRÈS LE SALON

I

Vous êtes-vous jamais posé ce problème : on expose annuellement plus de cinq mille toiles, on en reprend tout au plus cent cinquante-trois ; comment s'écoule cet immense stock de rebut ?

Ce qu'on appelait jadis : les *épinards,* sont-ils rendus à l'agriculture ? Les tableaux religieux entrent-ils au couvent ? Les scènes galantes se trouvent-elles dévolues aux cabinets particuliers ? Nous avons fait des recherches sérieuses, dressé une statistique en règle ; voici ce que nous avons trouvé :

Les *tableaux d'histoire* sont achetés en gros par les jeunes nationalités auxquelles on reproche toujours de ne pas avoir de passé.

C'est par exemple, les Californiens, qui ne se piquent pas d'être de très-grands connaisseurs, ne sont pas fâchés de montrer aux étrangers : une *Prise de San-Francisco par les Turcs.*

C'est dans un ordre d'idées analogue que les portraits dits de famille trouvent un facile débouché.

Nous aurions besoin d'un père et d'une mère à bon marché, écrivent de bonnes gens aux conservateurs des dépotoirs; laissez-nous pour 9 fr. 25, en rendant le cadre, le *portrait de M. et Mme F. de V...*

II

Les *loups de mer* qui n'ont jamais navigué se montrent assez friands de *marines*. Cela les pose dans l'opinion : ce genre de croûtes salées fait bien dans leur salle à manger.

— Qu'est-ce que c'est que ça, commandant? leur demande-t-on quand on désire leur plaire (inutile de dire qu'ils n'ont jamais été que des *civils*).

Ça, c'est mon voyage dans les mers du Sud, quand je faisais ma quatrième année de naufrages.

— C'est rudement brossé.

— C'est de la peinture toute ronde, sans façon comme moi-même; mais ça enfonce les Vernet et les Gudin.

Les *tableaux religieux* sont généralement refusés par les églises, mais ils tentent généralement les pécheresses qui ont beaucoup à se faire pardonner.

— Il me semble, disent-elles avec componction, qu'en ayant le martyre de Saint-Symphorien dans mon alcôve, je fais faire pénitence à mes murs.

Les habitants des pays de plaines raffolent de paysages alpestres, fussent-ils glaciaux à ne pas dégeler par cette température torride.

— Des montagnes à tout prix, écrivent-ils à leurs correspondants.

Et voilà comment on expédie, dans les steppes de la Beauce, des *vues de Suisse* qui indigneraient les naturels de la butte Montmartre.

Vérité en deçà des Alpes, erreur au delà.

Les nudités très-accentuées sont réservées aux solitaires, forcés par état de vivre hors de la société des femmes, comme les pionniers de la civilisation, qui défrichent les forêts vierges.

— Une *nymphe endormie* dans ma pauvre hutte, disait l'un, et je me ferai l'illusion d'être marié avec la *Belle au bois dormant*.

Les *plats de poissons* sont avidement recherchés par les tribus qui manquent absolument de marée.

Ainsi à Dieppe, cette plage infortunée, où il n'est plus possible de se procurer une sole ou un turbot, la devise du poisson étant désormais : *voir Paris et mourir !* en rendant visite à un notable, je traversai sa salle à manger. C'était une poissonnerie fictive, tant il y avait de tableaux variés comme une carte de restaurant.

— Mon cher, me dit-il avec un soupir, vous me croirez si vous voulez, mais j'étais né pour être icthyophage.

Les *sujets comiques* trouvent toujours preneurs ; ils s'en vont égayer les petites villes, où est encore en honneur ce procédé de gaieté : un mari qui se coiffe du chapeau de sa femme et *vice versa*.

Au dessert, l'amphitryon, un homme très-riche, ma foi, se penche à votre oreille et vous dit :

— J'aime à rire, comme j'aime à boire (le vin des

autres). Eh bien! je le déclare franchement, ce homard qui donne la patte à un blaireau, c'est autrement récréatif et plus convenable que la *Vénus* du Titien.

III

Quant aux *effets de printemps* et aux *dessous de bois*, juste ciel! fatigués depuis quinze ans d'être restés invendables, ils ont pris un grand parti : ils se sont réunis furtivement, sur un sol abandonné; là, les chênes ont pris racines, les pommiers en fleur se sont plantés pour de bon, les hêtres et les ormes se sont dit : « Aimons-nous les uns les autres », et voilà comment, à quatre lieues de Paris, quand on a le mystérieux mot de passe, on peut aller se promener dans la forêt des paysages.

J'ai rencontré à Issoire un tableau du salon de 1867; il ornait la devanture d'une boutique de mercerie; le sujet représentait une jeune dame qui, de son balcon, souriait à un cavalier à cheval.

Le commerçant avait baptisé cette toile, achetée pour rien dans une vente après décès :

Au désir de plaire.

Et ce pauvre tableau, devenu enseigne, me rappelait les *biches* qui, après trop de malheurs, deviennent femmes de confiance.

LES CHAPEAUX MOUS

I

Que nous sommes loin des époques rétrogrades où l'on inscrivait sur la porte des établissements publics : « *Une tenue décente est de rigueur.* »

On t'en donnera de la tenue décente, infâme réaction ! Le peuple souverain entend mettre à bas toutes les livrées : A bas la redingote ! à bas l'habit ! Vive la vareuse !

Quant au gilet, cette création parasite due à la féodalité des tailleurs, il demeure aboli par un décret daté du Café des *Enterrements civils.*

Qu'il est beau, qu'il est noble de voir un peuple qui s'appartient (la propriété, c'est le vol) circuler sur le boulevard des Italiens dans un costume simple et négligé que n'aurait pas osé porter dans sa chambre un petit bourgeois timoré sous l'avant-dernier tyran — je crois avoir suffisamment désigné Louis-Philippe.

Et, il y a des gens qui nient le **progrès** !

13

Mais, à l'heure qu'il est, ô le plus illustre des philosophes, on ne t'appellerait plus *Aristote,* on t'appellerait *aristo,* et ton sort serait fixé.

II

Il ne m'appartient pas de discuter les goûts du peuple souverain ; Sa Majesté est infaillible et, suivant la devise anglaise, ne *saurait mal faire.*

J'oserai seulement lui soumettre, au point de vue hygiénique, une respectueuse observation.

Elle a remplacé la couronne qui lui siérait si bien par ce hideux couvre-chef qu'on nomme le chapeau mou.

Il y a dans cette prédilection étrange un grand danger pour elle.

Elle risque de perdre ses cheveux.

Le chapeau mou, ce foyer de calorique qui adhère si intimement au cuir chevelu le prive d'oxygène, et étouffe cette végétation délicate comme des plantes qu'on placerait sous un four de campagne.

On a beaucoup plaisanté le chapeau *tuyau de poêle.* — C'est encore le meilleur récipient d'air qu'on ait inventé pour la coiffure ; vos cheveux, grâce à lui, ont une petite provision d'atmosphère qu'on peut incessamment renouveler.

Avec le chapeau mou, les cheveux, pour ainsi dire, ne peuvent pas respirer.

Aussi le monde, s'il continue, marche visiblement à la calvitie universelle.

.Dalila aujourd'hui serait très-embarrassée avec Samson, — à la place d'une forêt, elle trouverait un genou.

Ah ! c'est ici, à cette même place que le comte d'Orsay, inaugurait ses pantalons au style piquant et ses cravates aux nœuds plus difficiles à faire que l'équilibre européen à garder. Eh bien ! nous allons remplacer cette vignette de mode par le spécimen suivant :

Un bon *travailleur,* car nous avons maintenant le prolétaire boulevardier, — un bon travailleur coiffé d'un chapeau mou qu'il rejette en arrière, ce qui donne à la physionomie une expression d'abrutissement tout à fait moderne, le corps flottant dans une vareuse et les jambes roulées dans un pantalon sans bretelles qui laisse godder la chemise au-dessus des reins ; une barbe de huit jours pour compléter le charme, parfois un joli bout de brûle-gueule, qui contourne agréablement le coin de la bouche, un regard qui a l'air de dire à tous les gens qui passent: *tas d'aristos,* on va vous faire votre affaire ! et vous comprendrez pourquoi, notre ami, l'auteur de la *République rose,* trouve que Paris a, depuis quelques années, un faux air de la Villette.

C'est étonnant combien il est facile à notre époque de passer pour *aristo :*

Un monsieur surpris avec une paire de gants dans sa poche, — *aristo.*

Un cocher qui n'appelle pas ses camarades *propre à rien* et ses bourgeois *espèce de pané,* — *aristo.*

Un ouvrier qui passe avec une casquette propre et qui est poli avec les exploiteurs qui lui donnent de la besogne, — *aristo*.

Un chiffonnier qui se donne la peine de faire un choix pour sa hotte, — *aristo*.

Si l'on pendait encore les aristocrates à la mode de 93, il n'y aurait plus assez de lanternes.

III

Sous le ciel de lit de l'alcôve
Le mari présente souvent,
Avant ses trente ans, un front chauve
A l'enfant qui sort du couvent.

Aussi tristement elle songe
Qu'ici-bas il n'est plus d'Arthur ;
C'est le chapeau mou qui nous ronge,
Vive à jamais le chapeau dur !

Je n'entamerai pas ici la question incidente ; je ne dirai pas : le chapeau mou, avec sa forme sèche et indécise, coiffe horriblement les électeurs, de quelque catégorie qu'ils soient ; je me borne à poser le plébiscite suivant :

Voulez-vous, oui ou non, garder vos cheveux ? Comme je suis sûr de ne pas avoir plus de quinze cent mille voix contre, je demande l'abolition légale du chapeau mou.

Je ne m'étonne plus qu'on parle tant de la sueur du peuple. Avec cette chaufferette sur la tête, je défierais les réfractaires de ne pas transpirer.

Une dernière considération :

Avez-vous remarqué avec quelle désespérante facilité s'envole le chapeau mou au moindre souffle de vent ; c'est un volage après lequel vous courez sans cesse : on dirait, renversement bizarre, un papillon poursuivi par la fleur.

Avec quelle solidité, au contraire, le *tuyau de poêle* se pose sur le crâne ! comme il s'emboîte bien, et en même temps comme il permet d'être poli !

Avec le chapeau mou, je vous défie de saluer : vous n'avez pas pour la main de point de résistance ; sans le vouloir, vous vous faites des ennemis à la douzaine.

Voyez donc à quels abîmes peut courir une société si mal coiffée !

C'est au chapeau mou qu'il faut attribuer deux fléaux également haïssables :

La calvitie et l'inurbanité.

ENTRETIENS DU JOUR

LES DEUX CONCIERGES ET LE CITOYEN DU PREMIER

PREMIER CONCIERGE, *dit les Deux Cocottes, parce que son immeuble porte le n° 22 et que deux petites dames habitent cette maison sévère.*

Tiens, c'est vous, capitaine !

DEUXIÈME CONCIERGE, *dit le Grand Cordon, parce que sa loge a deux mètres de hauteur.*

Chut ! lieutenant. Si les Versaillais nous entendaient !...

LES DEUX COCOTTES
Votre uniforme...

GRAND CORDON
Est en sûreté... au premier signal...

LES DEUX COCOTTES
J'ai peur qu'ils ne nous fassent bien attendre là-bas.

GRAND CORDON

Avec l'amnistie, ça ira plus vite, nous nous retrouverons avec nos épaulettes.

LES DEUX COCOTTES

Ah! c'était le bon temps; les princes n'auraient pas osé nous appeler *pipelets,* alorsse !

GRAND CORDON, *d'un air de menace.*

Ça me fait penser, si je pouvais retrouver le citoyen du premier qui m'appelait de la Pipeletière en me disant que j'étais un *aristo !*

LES DEUX COCOTTES

Pourquoi ne l'avez-vous pas envoyé à Raoul Rigault ?

GRAND CORDON

Ma fille l'aimait…

LES DEUX COCOTTES

Il fallait…

GRAND CORDON

Il a filé sans dire gare, mais j'ai mon plan, et si je le retrouve…

LES DEUX COCOTTES

Comment était-il, ce particulier-là ?

GRAND CORDON

Un grand sec, très-brun, clérical; j'ai surpris un jour un prêtre se glissant chez lui.

LES DEUX COCOTTES

Attendez donc; il n'avait pas de chevaux ?

GRAND CORDON

Si, un alezan et un bai brun qui s'engraissaient de la sueur du peuple.

LES DEUX COCOTTES

Il ne se nomme pas de Saint-Brieuc ?

GRAND CORDON

Moi, je disais Brieuc tout court.

LES DEUX COCOTTES

C'est votre homme, nous avons cela chez nous; vous le tenez. Au prochain mouvement, je le fais fusiller.

GRAND CORDON

Arrêtez ! je veux en faire un gendre.

LES DEUX COCOTTES

Tu es donc un traître ! Je vais te dénoncer.

GRAND CORDON

Pas de bêtises... Tu es veuf, m'a dit la fruitière.

LES DEUX COCOTTES

D'avant-z-hier; mais je ne porte pas de deuil, c'es^t bon pour les réacs. Où veux-tu en venir?

GRAND CORDON

Le citoyen du premier est un millionnaire; il a une sœur qui est superbe!

LES DEUX COCOTTES

Je ne l'ai pas encore vue...

GRAND CORDON

Elle passe chez lui les trois premiers mois de l'année... Quand viendra le jour de la revanche, elle sera à Paris; les mesures sont bien prises, pas un riche ne pourra se sauver; au moment de mettre le feu à nos maisons réciproques, nous montons chez Saint-Brieuc et je lui dis : Veux-tu sauver ta peau et celle de Mlle Marthe? Deviens l'époux de ma fille et donne ta sœur à mon ami.

LES DEUX COCOTTES

Bravo! Mais j'y pense : la Commune abolira le mariage.

GRAND CORDON

Oui, mais les autres puissances n'auraient qu'à ne pas reconnaître cette union faite devant la nature, et les capitaux nous échapperaient, même à Lausanne, où l'on va bien.

LES DEUX COCOTTES

Tu me rends tout rêveur. Est-elle bien, cette demoiselle Marthe ?

GRAND CORDON

C'est-à-dire que si j'avais comme toi le bonheur d'être veuf...

LES DEUX COCOTTES

Est-elle femme de ménage, au moins ?

GRAND CORDON

Pourquoi ne me demandes-tu pas si elle est de bonne naissance ?

LES DEUX COCOTTES

Dame ! mon aïeul la valait bien ; il a fait ses preuves.

GRAND CORDON, *ironiquement.*

Où ça, donc ?

LES DEUX COCOTTES, *avec solennité.*

A l'Abbaye, en septembre 92 ; il a descendu à lui seul onze calotins.

GRAND CORDON

Pourquoi que t'as pas dit ça tout de suite, t'aurais eu de l'avancement.

LES DEUX COCOTTES

Que veux-tu ? C'est la modestie qui perd les hommes.

GRAND CORDON

Moi, j'ai à rougir de mes ancêtres. Le mien, c'était un Normand, un jour qu'on l'appelait buveur de sang, a répondu : « Je préfère le cidre. »

LES DEUX COCOTTES

Dis donc, une fois mariés, restons-nous à Paris, pour épater les confrères ?

GRAND CORDON

Pas si bêtes, ce sont des envieux; si tu veux, nous nous retirerons en Bretagne, toi d'abord dans les terres de ta femme, et moi dans la propriété de mon gendre, près d'Avranches.

LES DEUX COCOTTES

Nous chasserons.

GRAND CORDON

Nous irons à la pêche.

LES DEUX COCOTTES

Ça me va, moi qui n'ai pas d'enfants et qui voudrais si bien avoir un garçon et une fille.

GRAND CORDON

Et moi qui ne veux pas que Justine se dérange.

LES DEUX COCOTTES

J'aimerais tant à soigner mes blés et mes avoines.

GRAND CORDON

Et moi à bercer sur mes genoux des petits Saint-Brieuc dont je serais le grand-père.

LES DEUX COCOTTES

Et il y a d'infâmes journalistes qui osent imprimer que nous sommes les ennemis de la famille et de la propriété; allons prendre un verre de vin blanc.

GRAND CORDON

Tu offriras bien la bouteille entière.

LES DEUX COCOTTES

Il faut en passer par où tu veux; mais je veux avancer le mouvement, je vais écrire à Félix Pyat.

LE MONSIEUR DU PREMIER, *qui s'est glissé derrière eux sans qu'ils le voient, leur met la main sur l'épaule en exhibant un mandat d'amener.*

Je vous arrête! *(Tableau. — Les illusions tombent.)*

LES LOUIS DE QUINZE FRANCS

I

Nous proposons à l'hôtel des Monnaies une mesure de salut pour les petites bourses, et qui me paraît le seul remède contre le renchérissement galopant des articles de la vie.

C'est de renoncer franchement au vieux louis de nos pères, un seigneur trop débonnaire qui se donne tout entier à propos de bottines, et d'établir le *louis de quinze francs*, un monsieur qui saura compter.

Pour compléter cette rectification, on supprimerait cette puce d'or qu'on appelle la pièce de cinq francs, qui saute de votre porte-monnaie, glisse entre vos doigts ou se rend insaisissable au fond de vos poches, et l'on fonderait le *demi-louis* de sept francs cinquante.

Le budget des ménages se verrait ainsi, dans un temps donné, allégé d'un quart.

— Mon cher, je viens vous emprunter le louis de l'amitié.

On en serait quitte pour quinze francs.

— Monsieur, je viens solliciter votre charité pour les conspirateurs sans ouvrage. Tous vos amis se sont inscrits pour un louis.

Encore cent sous d'économie !

Que si on lit dans le *Torrent réparateur*, journal des idées modernes :

« Le banquet des anciens élèves de l'institution « Moutonnèche aura lieu dimanche prochain, au « pavillon d'Armenonville ; la cotisation est fixée à « un louis et demi par tête. »

Voilà encore sept francs cinquante de retrouvés.

Et le *denier à Dieu,* et le pourboire des major-domes, et les billets de concerts, quelle avalanche de rabais ?

Par la force des choses tout ce qui coûtait dix francs serait ramené à sept francs cinquante cen-times, mode de l'unité de prix ; entamer une seconde pièce d'or pour solder une stalle ou un pot de fraises, rendrait circonspects jusqu'aux heureux mortels pourvus d'un conseil judiciaire ; les restaurateurs et les hétaïres seraient obligés de mettre dix-huit mois de plus pour faire leur fortune, mais où serait le danger social ?

II

Une classe de citoyens qui bénirait en première ligne cette innovation, ce sont les conducteurs d'om-nibus, si souvent obligés, lorsqu'ils rendent la monnaie, de mettre entre leurs dents cette infernale petite pièce de cinq francs, dont le plus malin plaisir est de se faire avaler comme une pilule — ce qui expose l'administration à ajourner la recette du jour.

Pour une raison contraire, ce projet serait maudit des voleurs qui, se faisant une cassette de leur estomac, ingurgitent tous les matins deux ou trois pièces de cinq francs qu'ils dérobent dans un comptoir, tout prêts à s'écrier : *Fouillez-moi !* si l'on fait mine de les suspecter, et se disant intérieurement :

— Ce serait bien le diable si je ne retrouve pas ce soir de quoi dîner !

Une fois, un de ces industriels venait de faire son petit *lunch* aurifère dans un modeste établissement de Neuilly ; un consommateur affecté de strabisme et qui lisait d'un œil le dernier numéro des *Petites-Affiches*, voit de l'autre s'accomplir le larcin qu'il dénonce au maître de la maison; on visite le comptoir, il manquait quatre pièces de cinq francs.

Le commissaire averti manda le médecin du quartier ; on enferme notre héros dans le boudoir de la patronne, qui était la pièce la plus éclairée, et là, après avoir disposé tout ce qu'il lui fallait pour restituer, on lui sert trois *bocks* d'eau de sedlitz ; il refuse d'abord cette consommation : son docteur lui a défendu les purgatifs ; on insiste, bref, le mangeur d'or s'exécute ; des gendarmes s'établissent en surveillance à toutes les issues.

Cinq heures après seulement, le coupable livrait le

produit de son vol ; seulement, ô prodige ! au lieu de quatre pièces de cinq francs, on en retrouvait onze dans ce *placer* improvisé.

La femme du limonadier ne voulut pas d'abord accepter cette somme, qui dérangeait ses chiffres.

— Il n'y en avait que quatre dans le tiroir, disait-elle ; ce compte-là n'est pas le mien.

— Les sept de surplus vous appartiennent par prescription, objectaient les consommateurs : en effet, elles étaient marquées au millésime de 1852, et la monnaie portant cette date n'est plus en circulation.

Le limonadier intervint :

— Gardons ces trente-cinq francs qui nous tombent du ciel, fit-il avec autorité, ce sera le commencement de la dot de ma fille ; cet argent-là ne peut que nous porter bonheur.

Elle a quinze ans et s'appelle Yseult. Avis aux prétendants.

LES INCREVABLES

COTÉ DES HOMMES

I

On a trop parlé des *petits crevés ;* le mot a un peu
veilli, mais l'injure n'est pas tombée en désuétude ;
on ne peut plus entendre tousser un fils de famille,
on ne peut plus voir un mineur perdre deux ou
trois illusions sans leur lancer immédiatement cette
infamante qualification.

De nos jours, Hercule n'aurait pas le droit de
s'enrhumer et Alcibiade serait accusé de manquer
de jeunesse, s'il doutait cinq minutes de la vertu de
Laïs.

Pas de scepticisme! Pas de scepticisme ! vous crie
cette époque qui ne croit à rien et qui joue la foi
généreuse.

Eh bien! puisqu'on affecte toujours de person-
nifier la jeunesse actuelle de ce type de rachitisme
élégant qu'on appelle le *petit crevé ;* puisqu'il est
convenu que les lycéens ont tous nonante-et-un ans;
que les conscrits sont déjà invalides, et que les

gamins ont des tendances de patriarche, causons un
peu de cette phalange glorieuse qui est l'orgueil du
passé, comme elle est l'espoir de l'avenir, et que je
demande à baptiser de ce nom qui ne doit pas leur
faire de peine : *Les Increvables.*

II

A tout seigneur tout honneur ; celui qui était hier
le chef de l'Etat et qui espère le redevenir, donne
glorieusement l'exemple ; on ne porte pas d'une
façon plus allègre ses quatre cinquièmes de siècle.
Parlez-moi des sénilités pétulantes pour vous venger
des adolescences endormies.

Ordinairement, les coqs nous réveillent, c'est lui
qui réveille les coqs pour leur prouver qu'ils ne
savent pas leur métier ; à six heures du matin, il a
déjà appris aux maréchaux l'art militaire et aux
financiers le maniement des chiffres ; avant son
déjeuner il a déjà visité trois musées et quatre ports
de mer ; il chiffre, il parle, il gesticule, il écrit, il cause,
il pérore, il démontre, il interpelle, il se démène,
rien ne l'épuise ni ne le fatigue. Voltaire disait :
Je suis né tué ; lui s'écrierait volontiers : *Je suis né
intuable,* et quand des imprudents lui parlent des
éventualités ordinaires en lui faisant entendre que
nous sommes presque tous mortels, il hausse les
épaules avec dédain, en homme prêt à régenter le
Très-Haut comme il régente les princes, et capable
d'inventer la maxime : *Dieu règne et ne gouverne pas.*

Et encore ce n'est qu'un cadet. Son aîné, un historien illustre, tout en vous promenant dans son jardin où, sans se préoccuper de vers de La Fontaine, il plante des arbrisseaux qui ne lui verseront leur ombre que dans cinq ans, assurément ne radote point, même quand il vous dit : « Je ne me mettrai pas à mon histoire du second Empire avant 1880. » Et nous autres qui n'osons plus faire de projets pour la semaine prochaine, nous regardons avec stupeur cet octogénaire qui dispose de l'avenir avec tant d'autorité.

III

Qui passe au grand trot de ses chevaux, dans ce petit coupé correct et sombre? Un publiciste qui a créé tout un monde de premiers-Paris et qui ne s'est même pas reposé le septième jour, comme ce paresseux que les âmes simples nomment encore : le bon Dieu.

Généralement une physionomie est un extrait de naissance; je vous défie de lire une date quelconque sur ces traits qui méduseraient le trépas; la faux du temps ne sert qu'à raser de plus près ce visage de glace; l'homme est plus imperturbable que le Destin; rien ne le courbe ni le trouble; il agit avec le poids des années comme ce gymnaste pour qui un bœuf n'était plus un fardeau, parce qu'il s'était exercé, dès ses premières forces, à porter un veau.

Ces privilégiés gardent leur format corporel; ils

ne prennent pas de ventre; ils prennent du cerveau;
ils n'ont jamais le temps d'être malades, et ils font
faire une éternelle antichambre aux rhumatismes.
Ils vous donnent rendez-vous à quatre heures du
matin, comme un viveur dirait : « Venez à midi. »
A l'heure où l'alouette n'est pas encore levée, ces
bénédictins laïques sont déjà depuis longtemps au
travail; ils compulsent, ils supputent, ils méditent;
et, gens du monde aux habitudes monacales, ils ne
s'abordent jamais sans avoir l'air de dire : *Frère, il
faut vivre.*

Ce siècle avait six mois quand on les a aperçus
pour la première fois, car j'ai le pressentiment qu'ils
n'en sont pas à leur première carrière.

Que voulez-vous que le vulgaire décès fasse de ces
réfractaires? Ils troubleraient la paix des cimetières;
ils diraient aux morts : « Levez-vous, écoutez : voilà
ce que vous disiez en 1809. » — Le Père-Lachaise,
qui se fait vieux et aime sa tranquillité, les a fait
prier poliment de rester chez eux.

IV

Quel est ce dameret parfumé, coquet et agile, qui
a l'air de porter encore le jabot de dentelle et qui fait
l'effet de quitter le Régent? Un librettiste qui a
peut-être écrit pour Philidor, et qui écrira certainement pour les successeurs du dernier prix de Rome.
Cherchez la patte d'oie de son esprit ou de sa figure!
Il est déridé sans cesse par les années; ses cheveux

sont si bien ce qu'ils étaient en sortant pour la première fois des mains du coiffeur, que les curieux
murmurent tout bas le mot : perruque ; et parce
qu'il a des dents de vingt ans, certains veulent qu'il
soit né avec un râtelier ; il n'y a qu'un trait qui le
marque un peu ; il a gardé la politesse du xviiie siècle
à une époque qui se pique de brutalité.

C'en est fait ; comment voulez-vous qu'une pauvre
femme du monde résiste à un Antony si nerveux,
si passionné ? Et, dans les *Filles de marbre,* ne se-
rait-on pas tenté d'accuser Marco de détournement
de mineur ? Quel est ce débutant ?

— Il a quarante-trois ans de théâtre : votre grand-
père éprouvait juste la même impression.

— Alors, il a vécu à rebours ; c'est un *ci-devant
vieil homme.*

— Non, mais on n'en a pas moins raison de lui
confier les rôles d'amoureux ; les femmes ne sont
bien perdues que par les gens bien conservés.

Entrez au club ; il est six heures du matin ; contemplez ce joueur intrépide sur la tête duquel vous
retrouvez les neiges éternelles du Mont-Cenis ; c'est
un administrateur de quinze chemins de fer. Il y a
longtemps que l'heure de la retraite serait sonnée
pour les autres ; lui, au lieu de garder le coin du
feu, il traverse les Alpes dix fois par hiver, et les
Pyrénées dix fois par été ; vous le surprenez en train
de faire sa soixante-douxième partie de wisth à un
louis la fiche.

En quittant ces lambris qu'ils doraient de leur

présence, ils vont se jeter pour un quart d'heure sur
leur lit, et ils iront intrépidement toucher leur jeton
de présence à l'assemblée des actionnaires du chemin de fer sous-marin entre la France et l'Angleterre.

V

Et le chapitre des amours, sur lequel j'ai le devoir
de jeter un voile mystérieux?...

Non, Paul *brûla de moins de feux*. Desgrieux fut
moins ingénu, Saint-Preux fut moins tendre que ce
financier qui était déjà un homme fait dans l'année
de la comète, et qui disait confidentiellement, un de
ces derniers soirs, à l'un de ses complices :

— Mon pauvre ami, comprends-tu que mon petit-
fils est en train de dételer? Moi, je vais mettre un
cheval de plus.

Vous le voyez passer sur le boulevard, sans canne
et sans bras, soutenu seulement par une fleur à la
boutonnière : à dix heures, à l'Opéra; à trois heures
du matin, il est au bal de Mademoiselle de Trente-
Six Vertus; dans la journée, il a reçu deux petites
baronnes, trois comédiennes et quelques étrangères.

Quel jeune homme de la Sparte antique résisterait
à ces travaux d'Hercule accomplis sans cesser de filer
aux pieds d'Omphale?

Il a connu Louis XV, et il espère bien connaître
Napoléon V. C'est l'un des chefs de ce parti puissant
de citoyens décidés à prendre très-énergiquement au

sérieux le précepte de Vauvenargues : « *Il faut vivre comme si on ne devait jamais mourir.* »

S'ils ont un pied dans la tombe, j'aurai l'irrévérence de dire que c'est tout au plus un pied de nez.

On répète toujours : La mortalité diminue ; ce n'est pas assez dire, il faudrait ajouter : L'immortalité augmente.

Eh bien ! voulez-vous savoir ce que sont tous ces *increvables*, dont je n'ai pas le temps de faire le dénombrement ? Des *petits crevés* qui ont gagné en appel.

A vingt ans, ils crachaient le sang et n'avaient que le souffle.

A quatre-vingt-dix ans, en moyenne, si on les laissait faire, ils enterreraient presque le Père éternel.

CÔTÉ DES DAMES

I

On fait souvent un crime aux femmes du monde de se montrer trop curieuses à l'endroit de ce que nos pères appelaient si vertement : *les filles*, et de ce que nous nommons, nous autres, avec un petit sans-gêne assez niais : *les cocottes*. Il est certain que nos sœurs et nos belles-mères nous ont souvent embarrassés en nous interrogeant trop à fond sur les faits et gestes de Mlle Huitressorts et de la senora Cabochon, — qui ne sont parfois que des cameristes renvoyées et condamnées à dépenser cent mille écus par an.

J'avais beau leur répondre que vraiment ces demoiselles ne méritaient pas l'honneur d'une attention si soutenue, que je n'admettais pas que le fruit défendu, qui jadis au moins était une pomme, devînt une nèfle, qu'enfin je ne voulais consentir à des confidences sur ces femmes de chambre en rupture de livret qu'en échange de révélations très-précises sur Justine ou Adèle, ces anges en tablier blanc qui se présentaient encore avec tant de grâce au premier coup de sonnette.

Mais les femmes sont des juges d'instruction qui ne prennent jamais de vacances ; il fallait donc dérouler les annales des petites dames du lac, depuis leur première teinture jusqu'à nos jours, avec la liste des satellites qui se succèdent autour de ces astres étranges : travail des plus fastidieux.

Je viens prendre aujourd'hui la défense des questionneuses indiscrètes ; nos dignes compagnes ne sont pas si coupables de s'occuper si charitablement de celles qui ne sont même pas leurs sœurs en Jésus-Christ, puisqu'elles n'ont pas encore pénétré leur secret le plus irritant : le secret de leur infernale longévité.

A Paris (je ne dirai pas un mot de la province, où l'on est bien plus sévère sur les chiffres), à Paris, dis-je, une femme du monde qui a trente ans s'entend parfaitement compter ses années; à trente-cinq ans, on déclare qu'elle *marque* visiblement; à quarante ans, fût-elle fraîche comme à son début, elle est tout près de passer *vieille femme.*

Quarante ans ! Cette date mémorable qui est le terme ordinaire de la réputation de beauté pour une marquise ou une altesse, est le point de départ de la vogue sérieuse pour les *cocottes.*

Ah! pour ces privilégiées du destin, il n'existe ni *pattes d'oie* ni couperose ! Leur sourire fané a plus de prix que le premier aveu d'une bouche virginale; leur calvitie fait rêver; tout ce qu'elles ont de déchet physique est une grâce de plus; quarante ans, c'est le crépuscule des honnêtes femmes, mais c'est l'aurore des autres; et je défie bien une petite fille de trente-huit ans, dans la société interlope qui intrigue tant de salons, de provoquer une passion sérieuse. On dirait qu'un inflexible magistrat barre le chemin aux *cocottes* ambitieuses, en leur demandant :

— Votre âge ?

— Je suis née en 1829.

— Vous avez encore deux ans à faire avant de prétendre au titre de Manon Lescaut.

Singulier renversement des choses de ce monde ! Autant les vraies femmes ont intérêt à se rajeunir, autant leurs rivales trouvent leur compte à reculer l'heure bénie où elles sont venues resserrer l'union de leurs parents : un père qui fait les courses, une mère qui fait les ménages.

Je ne dis plus mon âge est une locution qui, pour

les cocottes, a un sens tout inverse; cela signifie :
J'appréhende de paraître trop voisine du berceau.

Les Des Grieux prudents ne négligent jamais de
demander à la bien-aimée qu'ils distinguent son
extrait de naissance.

« Combien j'avais peur, chère adorée, écrivait
« dernièrement l'un d'eux, combien j'avais peur que
« vous ne fussiez encore qu'une pensionnaire, en
« vous voyant faire l'enfant avec tant de charme;
« mais quand j'ai su que vous aviez vu le jour sous
« la Restauration, et que vous étiez grand'mère de-
« puis notre première entrevue, je puis le dire,
« Ernestine, tout mon cœur vous a appartenu.
« Qu'on ne me parle pas de ces péronnelles qui
« n'ont jamais vécu et qui voudraient vous initier
« à la vie; on me propose, le croiriez-vous, d'épou-
« ser une jeune fille qui sort du couvent, un riche
« parti; charmante, du reste. Pour qui me prend-on ?
« ai-je répondu; j'aime mieux me ruiner pour mon
« Ernestine, qui a déjà vu tant d'événements. »

A l'appui de cette renversante doctrine, citons une
petite comédie qui, commencée il y a bien longtemps, n'a eu son dénoûment que ces jours-ci.

En 1857, Malvina du Titien, une rousse que l'on
ne connaît que trop *(grus vulgaris)*, faisait déjà, sans
contestation, partie de ce qu'on appelle dans la
galanterie militante : *la vieille garde*.

Un ex-viveur, qui avait quitté le boulevard avec
la haine de Paris, et qui s'était réfugié dans une
petite ville perdue de je ne sais plus quel départe-

ment, voit un jour arriver chez lui son neveu, un beau jeune homme de dix-huit ans, qui venait de manger au café Anglais son premier patrimoine.

— Eh bien ! Paul, comment mènes-tu la vie ?

— Comme vous, mon cher oncle.

— Merci du compliment ! Et tes conquêtes ?

— Oh ! mes conquêtes, mon oncle, se réduisent à une seule ; mais j'en suis plus fier que de dix années de campagne ; une femme incomparable, et d'un prestige !

— Brune ?

— Amaranthe.

— Tu l'appelles ?

— Malvina du Titien !

— Malheureux, c'est elle qui a enlaidi mes plus belles années.

— Mon oncle, pour tout autre que vous, ce mot voudrait du sang ; prêtez-moi deux cents louis.

— Toi ! je vais te marier ici, comme j'ai déjà marié ton frère Eugène ; tu trouveras tes deux cents louis dans la corbeille.

Créature faible, Paul se laisse traîner à l'autel ; il épouse une perle, qu'il commence par prendre en grippe, parce qu'il lui manque la *patine du temps*, ce qui, paraît-il, devient aussi nécessaire aux femmes qu'aux tableaux ; mais enfin il se résigne à son bonheur, il engraisse ; le ciel ne lui refuse qu'une chose, des enfants. Aussi l'annonce de la visite de son neveu, le fils d'Eugène, un bachelier du sport, le remplit-elle d'une douce émotion.

14.

— Mon bon Raoul, comment as-tu laissé Paris ?

— Méconnaissable, mon oncle Paul ! Tout est transformé, les murs, les monuments, les visages, vous vous perdriez sur le boulevard.

— Et au bois de Boulogne ?

— Au bois, des femmes plus ravissantes les unes que les autres ; mais la reine de la chronique est celle qui a daigné jeter les yeux sur moi.

— Une bonne fortune ?

— Un rêve !

— Amaranthe ?

— Tabac d'Espagne.

— Tu la nommes ?

— Malvina du Titien.

— Encore ! Mais ce monstre-là épuisera donc toutes les générations ! Mon cher Raoul, promets-moi que si tu as un jour un neveu, tu ne le laisseras pas reprendre cette interminable succession ? En attendant, tu vas rompre, ou je te déshérite.

Ne vous attristez pas, ô Malvina ! blonde comme le Maryland ; au moment où nous écrivons ces lignes, il naît un homme, *nascitur homo,* qui vous consolera des dédains d'une famille assez subversive pour méconnaître les lois de l'hérédité ; attendez seulement une quinzaine d'années, ô céleste du Titien ! le temps de devenir gris-perle, et je vous promets un jeune échappé de la Bourse qui ne sera peut-être pas votre dernier amour.

LES FAUX TYRANS

L'HABIT NOIR

De tous les oppresseurs qui passent leur vie à être opprimés, je n'en connais pas qui ait plus à se plaindre de l'injustice des hommes que cet excellent compagnon de soirée, si modeste et si fidèle, qu'on appelle : *l'habit noir*.

Il semble à beaucoup de gens, lorsqu'on les prie de vouloir bien se mettre en habit, qu'on leur enjoint d'endosser une camisole de force.

On dirait que le frac est à la fois une gêne terrible et une cérémonie compliquée qui dérangent le calme de la vie.

Ce serait à croire qu'il se lace comme ces corsets de l'ancien régime qui, pour qu'on pût joindre les deux bouts, exigeaient parfois le concours de deux femmes de peine ;

Ou qu'il se visse au corps pièce à pièce comme les armures du moyen âge.

On pourrait croire encore qu'il s'agit d'un pesant fardeau à porter sur les épaules, et d'un vêtement d'un tel luxe, qu'il contraste avec la mâle simplicité des mœurs modernes.

Or, de tous les équivalents destinés à voiler notre charpente, l'habit est celui qui demande le moins de frais de toilette et de représentation.

Le sans-gêne l'eût inventé si la Mode n'avait pas pris les devants.

Loin de peser sur le buste, on le sent à peine; il est plus léger qu'une jaquette; il vous laisse la poitrine libre; il s'efface pour vous laisser briller.

Une redingote est une préoccupation. Faut-il ou ne faut-il pas la croiser? Les jupes vous battent les jambes; il est impossible d'oublier une telle masse de drap.

Un veston vous affiche, un paletot vous déforme, une vareuse vous tient trop chaud, une blouse cerne votre personne.

L'habit vous dégage sans vous compromettre; il concilie le *comfort* et les convenances.

Ingrats que vous êtes, la société est tellement bonne personne, qu'il suffit d'un morceau de casimir taillé d'une certaine façon pour contenter ses besoins d'étiquette, et vous vous plaignez de la rigueur des salons!

Et remarquez que vous n'oseriez pas sortir avec un *pet-en-l'air* râpé, tandis qu'on vous tolère un habit de quatre ans!

Ah! ce n'est pas un *déjeuner de soleil* que ce plat de résistance qu'on appelle un *habit noir;* que de noces, que de banquets, que d'assemblées d'actionnaires, que de bals il traverse avant de céder!

On se rappelle cet abbé du dix-huitième siècle qui

disait : « Arrive que plante ! j'ai dans mon tiroir dix mille verbes bien conjugués ! »

Un vieil habit qu'on met au rebut peut se consoler en pensant à tout ce qu'il représente d'actes importants dans la vie, depuis l'inauguration d'un chemin de fer jusqu'au *cotillon !*

Il a été, il sera toujours le *passe-partout* universel. La serrurerie me suggère une comparaison toute naturelle. L'*habit noir*, qui apparaît comme un épouvantail aux yeux qui ne savent pas regarder, ne ressemble-t-il pas à ces jolies petites clefs de sûreté qui pourraient figurer parmi les breloques d'une chaîne de montre ?

Les autres vêtements ne représentent-ils pas, au contraire, ces lourds engins de fer qui trouaient les poches et qui faisaient tant de train dans les serrures ?

Libre à vous de préférer le *colis* au joujou !

Mais je soutiens que pour l'homme qui entend se mettre à son aise, il y a quelque chose de plus commode que la robe de chambre :

C'est l'habit.

Un autre *souffre-douleur* dont on feint également de maudire le despotisme, c'est la *culotte courte.*

Comment ! quand pendant plus de deux cents ans le monde entier avait l'habitude de montrer ses mollets, aujourd'hui quitter pour une heure ou deux cet affreux pantalon qui nous déforme les jambes prend les proportions d'un événement !

Il y a de bons esprits que ce mot : *culotte courte,* embarrasse, effraye, paralyse.

Ils courent chez le costumier; ils se perdent en conjectures, ils demandent conseil; ils s'écrient qu'une aussi énorme dépense est la ruine de leur budget.

Ils citent avec amertume les pays avancés qui ne connaissent pas la *culotte courte.*

Qu'on me permette de trouver cet émoi et ce courroux un peu ridicules.

Pourquoi ne pas comprendre dans sa garde-robe, au lieu d'atteindre le dernier moment, cette effrayante culotte courte qui coûte un peu moins cher que le premier venu des pantalons à carreaux?

Cette dépense, une fois faite, vous délivrerait de ces anxiétés visibles qui se manifestent la veille de ces bals splendides, où l'on trouve étonnant de ne pas se présenter en costume du matin!

Elle vous ferait dix ans cette culotte courte, jeune prodigue qui redoutez si fort de donner à votre tailleur trois louis sur l'argent que vous jetez par les fenêtres.

Pour ne pas avoir une fois par hasard un tuyau de laine qui vous descend jusque sur les bottines, vous ne serez pas pendus, ô fils dégénérés de pères qui passaient toute leur vie en culottes courtes!

O sans-gêne! que de contre-sens on commet en ton nom!

LES VOYAGES D'AUGUSTIN

I

Qu'est-ce qui ne se déplace pas aujourd'hui ?
Toute petite ville a son Grand-Hôtel qui *refuse du
monde,* et il n'y a pas de simple bourgeois qui,
bon an mal an, ne fasse ses sept à huit mille kilomètres.

Mais des plus fougueux excursionnistes, depuis
Strabon jusqu'au docteur Livingstone, personne au
monde n'est jamais autant parti que notre ami
Augustin.

J'en appelle à vous, curieux du boulevard, obser-
vateurs du quartier d'Antin, expropriés des deux
sexes !

Augustin vous est-il jamais apparu autrement
qu'en toilette de voyage, avec une *longue-vue* en
bandoulière, un chapeau rond orné, entre le feutre
et le bourdaloue, de son *ticket* de chemin de fer ?...

Et que vous disait-il invariablement ?

— Vous savez que je vous fais mes adieux. Je
prends le train express de ce soir pour les Princi-

pautés danubiennes. Je n'ai que le temps de courir aux ambassades et de ne pas embrasser Ganesco.

Et comme vous-même vous alliez tout bonnement prendre un peu de poussière à Ville-d'Avray, vous vous disiez le dimanche suivant :

— En ce moment Augustin est à Bucharest.

Il n'avait pas quitté la rue Caumartin.

Un de ces derniers hivers, l'infatigable touriste partait pour la Russie ; nous le rencontrâmes revêtu de la peau de plusieurs animaux, sous prétexte de fourrures, et chaussé de bottes qui rappelaient des chancelières.

Une indisposition qui nous obligea à garder la chambre pendant près d'un mois compléta l'illusion.

Quand nous revîmes Augustin, il avait l'air tellement moscovite que nous faillîmes l'appeler : prince, et lui demander de quoi il était général.

Le traître était resté tout bonnement à son cercle.

Il y a juste un an, Augustin partait pour les Indes ; il venait de se faire faire un trousseau complet de toile blanche ; nous lui dîmes ingénûment :

— Rapportez-nous une petite veuve du Malabar.

Un de ces sceptiques qui ne sont pas même persuadés que les trois angles du triangle républicain fassent deux droits, manifesta quelque incrédulité à l'endroit de ce nouveau tour du monde.

— Regardez plutôt ! dit Augustin, en montrant des malles énormes qui étaient toutes bouclées et n'attendaient plus, elles aussi, que le *ballottage* terrestre et maritime.

Cette fois, il n'y avait qu'à s'incliner : Augustin, piqué au jeu, s'enferma chez lui pour relire la correspondance de Victor Jacquemont, et il essaya cavalièrement de convertir son domestique au bouddhisme.

Dans cet intervalle, il s'établit une de ces pluies qui rendraient casanière Mme Benoiton elle-même.

Lorsque Augustin *retour de l'Inde* fit sa rentrée dans les salons, il n'y eut qu'un cri d'admiration : il s'était presque cuivré le visage, à force de penser au soleil, et il avait mis par coquetterie des boucles d'oreille d'une momie dont Lefebvre Bey, un Egyptien des Champs-Elysées, lui avait fait cadeau au jour de l'an.

Une jeune héritière, l'idole des chroniques, se pencha en rougissant à l'oreille de sa mère, et lui dit à voix basse :

— Tu sais, maman, c'est ce monsieur qui a tant voyagé !

II

Dès le lendemain, notre héros était agréé dans la maison, et Augustin, à qui ses préparatifs de migration n'avaient jamais laissé le temps d'aimer, devenait passionnément épris de Mlle Edmonde Lefernand, fille d'un riche négociant retiré qui, depuis la défaveur de M. Devinck, cachait avec soin son ancienne profession aux électeurs libéraux.

Il avait fabriqué du chocolat; vous devez comprendre si les ducs de brasserie l'auraient toisé de haut !

— Vous avez énormément vu de pays, dit un jour le futur beau-père à son gendre en expectative.

— Énormément, répondit Augustin, qui comprit qu'il y allait de tout son prestige, car vingt-cinq prunelles — un oncle borgne de naissance assistait au dîner — se trouvaient braquées sur lui.

— Racontez-nous donc vos impressions de Russie.

Heureusement Augustin savait par cœur le délicieux livre de Théophile Gautier, l'écrivain auquel l'Académie française a préféré M. Jules Favre; et il se tira sans encombre d'un interrogatoire assez pressant.

— Ah ! si j'avais ma vie à refaire ! soupira le beau-père, ce misérable qui avait suivi la carrière honteuse de chocolatier, comme je rendrais des points à Dumont-d'Urville ! Aussi je ne voudrais pas dans ma famille d'un monsieur qui ne connaîtrait pas au minimum trois sur cinq des parties du Monde.

— Contez-nous, dit Mlle Edmonde d'une voix angélique, les merveilles du Japon.

— Demain, si vous voulez bien, répliqua Augustin, qui avait besoin de se préparer.

Il lut dans la nuit l'excellent ouvrage de Rodolphe Lindau, et le lendemain après le thé, — on ne prenait plus de chocolat dans cet intérieur, cette substance étant mise à l'*index* par la démocratie, — Augustin commença en ces termes :

— Lorsque j'arrivai à Yeddo...

— C'est trop fort ! interrompit un petit cousin, qui était un rival inconnu. Monsieur vous trompe ; je sais, par mon frotteur, qu'il n'a jamais quitté Paris.

Augustin devint pourpre.

— Vous me pardonnerez, fit-il avec une certaine confusion, j'ai toujours été dehors.

— Vous ! vous ne vous êtes pas même absenté.

— Allons donc ! reprit Augustin en retrouvant un peu d'assurance, j'ai failli une fois aller à Maubeuge.

— Tout est rompu, Monsieur, s'écria M. Lefernand, avec l'accent de l'indignation la plus vive.

Edmonde lança à son ex-fiancé un regard de mépris.

Augustin sortit sans même demander de crême. Je le retrouvai le lendemain vêtu en guide de Chamouny.

— Vous partez encore ? lui demandai-je.

— Non, dit-il, cette fois j'arrive. Je suis fatigué d'avoir tant voyagé.

Heureusement, tout s'arrange dans ce bas monde ; le bruit de cette mésaventure arriva jusqu'aux oreilles d'un autre industriel, qui venait de quitter un métier non moins déshonorant ; il était fabricant de bronze ; vous comprenez si le suffrage universel, depuis la défaveur de M. Denière, se fût gêné pour l'appeler : crétin. Cet excellent homme était à la recherche d'un gendre qui n'eût jamais quitté Paris.

Or, il n'y avait alors qu'Auber qui fût dans ces conditions, et le fringant *Capoulmeister* n'était pas encore décidé à se marier.

Augustin, qui doublait l'emploi, fut reçu à bras ouverts, et un mois après on lisait dans le *Tocsin*, journal des affaires :

« Un de nos concitoyens les plus sédentaires,
« M. Augustin de V..., épouse Mlle Céline Laubépin.
« Ce qui a valu cette bonne fortune à l'heureux
« futur, c'est de ne s'être jamais expatrié, et d'avoir
« même refusé un jour de pousser jusqu'au village
« Levallois. »

HABILLEZ-VOUS DONC!

Le moment est arrivé de penser de nouveau aux lois somptuaires.

— *Des lois somptuaires!* Y pensez-vous? Vous voulez donc achever notre pauvre Paris, qui a tant de peine à reprendre son train de capitale? Proscrire le luxe, ce père nourricier, — un père Goriot, c'est possible, — autant décréter que la première ville du monde sera soumise au régime mondain de Villers-Cotterets! Ah! tenez! les Spartiates me font toujours rire...

— Rentrez votre hilarité. Je ne demande pas qu'on ressuscite les dispositions antiques contre la splendeur des toilettes ou des maisons. Je demande des *lois somptuaires* pour réprimer la sordidité et le sans-gêne. Je soupire après des peines draconiennes contre l'inélégance!

N'est-il pas honteux que dans la patrie du comte d'Orsay, les hommes, même les mieux nés, même les moins mal élevés, se montrent dans des costumes qu'aurait, sous M. Cunin-Gridaine, désavoués un garçon de magasin qui se respectait. Il y avait les parterres de rois, il y a maintenant les orchestres de fumistes. Essayez de vous promener sur le boulevard des Italiens à l'heure la plus favorable, osez examiner la composition d'une salle de théâtre, même un soir de *première,* vous serez frappé de l'horrible décadence des gens bien mis ; la pièce a l'air d'être dédiée aux familles pauvres ; Roqueplan s'est éclipsé à temps ; s'il avait été témoin de cette débauche de chapeaux mous et de vareuses qui se terminera fatalement par le massacre de ce qui nous reste de grands tailleurs, ses soixante ans de dandysme n'auraient plus représenté qu'un bonheur empoisonné.

Vous rappelez-vous le temps béni où l'on disait d'un homme qu'il ressemblait à une *vignette de mode?* Oh ! la la ! en voilà un drôle de camarade ! Et n'objectez pas que glorieux passé oblige, ne dites pas que jusqu'à présent, sous un nom qui changeait comme la mode elle-même, nous avions toujours eu des représentants du goût et du style dans l'art si délicat de la toilette : les *petits-maîtres,* les *beaux,* les *dandys* avaient soutenu brillamment le renom de l'élégance française ; et la Révolution elle-même, qui se piquait plutôt de sans-culottisme que de fatuité, laissa grandir les *muscadins* et les *incroyables.*

C'était nous qui devions guillotiner le *mirliflorisme.*

Maintenant, on ne rougit pas de s'appliquer au col des *nœuds factices* ; on porte des boutons de bottines *simulés*, ce qui est à la fois hideux et inanimé ; on a des manchettes hypocrites et des faux-cols menteurs pour *faire aller* sa chemise vingt-quatre heures de plus.

Sommes-nous menacés d'entendre développer dans un club cette proposition radicale :

« Du linge ! il n'en faut plus, ça salit la peau des bons bougres ! »

Jusqu'aux femmes qui ont adopté depuis long-temps déjà des corsets qui disent *oui* tout de suite.

Si Lauzun, Buckingham, Brummel et d'Orsay revenaient au monde, ils ne diraient qu'un seul mot : Pouah ! et ils demanderaient à être réenterrés dare dare.

Ce qui frappe à Londres, quand vous parcourez Piccadilly ou que vous allez dans un lieu de réunion, c'est l'élégance générale du sexe fort ; il n'y a pas d'Anglais, même de la classe la moins voyante, qui n'ait une tenue irréprochable.

Le jour, vous voyez passer des files interminables de gentlemen admirablement drapés dans des redingotes d'une coquetterie sévère, soigneusement gantés, arborant pour leurs cravates les nuances les plus tendres et les plus hardies, et portant à leur boutonnière un délicieux petit bouquet de saison, car, chez nos voisins, on a si intimement le culte des fleurs qu'on voyage avec son dieu.

Le soir, dans les plus petits théâtres, vous retrou-

vez tout ce monde-là en habit noir et en cravate
blanche.

A Paris, naturellement, on ne se rase même plus
pour aller à l'Opéra, et on va entendre le *Prophète*
en chemise de couleur.

On aperçoit un individu coiffé d'un feutre gari-
baldien et roulé dans un fragment de caban à
carreaux qui semble taillé dans une couverture de
cheval.

Le cri naturel du passant est celui-ci : Tiens, c'est
Polyte !

Ce n'est pas Polyte, c'est le vicomte de Parmaillé,
dont les aïeux faisaient l'ornement de la cour de
Louis XIV.

On se retourne, et l'on tombe sur un *quidam*
porteur d'une casquette vulgaire et les mains dans
les poches de sa veste d'écurie ; on se dit : C'est un
entraîneur de province.

Ce n'est pas un *entraîneur*, c'est le marquis de
Souvigneul, dont le grand oncle refusa dix pantalons
de suite au Chevreuil du temps !

Mais à Noisy-le-Sec, en 1835, on se mettait plus
correctement ! Si l'aristocratie en arrive à cet excès
de barbarie, si les princes s'habillent à la confec-
tion, si les ducs inventent « *l'art de ne pas mettre sa
cravate* », quel frein retiendra les simples bourgeois ?

Où est l'adorable époque où le comte d'Artois
disait, au moment d'essayer une culotte nouvelle :

— Si j'y entre, je ne la prends pas !

Aujourd'hui, les rares originaux qui portent encore

des gants, — car la Révolution a encore supprimé
cette provocation du chevreau à la guerre civile —
diraient volontiers :

— Si je n'y entre pas sur-le-champ, je les laisse à
la marchande.

Notre civilisation pressée n'aime plus que le *tout
fait* gratis. — Il y a vingt-cinq ans, un beau-père
vous tenait compte de ce que vous saviez faire un
nœud de cravate.

Il ne manque plus que de culotter sa pipe au nez
des Muses.

La France est une nation démocratique qui a
besoin d'être aristocratisée à haute dose.

Je voudrais que le législateur fît inscrire sur des
poteaux placés au coin des rues et sur les murs des
monuments :

Une mise élégante est de rigueur.

Mais les prolétaires, comment voulez-vous qu'ils
s'arrangent ?

J'ai un plan, comme feu Me Trochu, du barreau
de la guerre.

Je tiendrais la main à ce que tous les chefs d'ate-
liers distribuassent à leurs ouvriers, chaque année,
un habit noir, un pantalon noir, un gilet noir et
deux paires de cravates blanches ; ce serait une
dépense de cent cinquante francs par homme, l'é-
quivalent d'une gratification.

Ce costume, qui serait confié aux soins des tailleurs
les plus distingués de Paris, serait inaliénable.

D'un zingueur incorrigible, je souhaiterais de faire un *gandin*.

De la sorte, on ne viendrait plus nous corner aux oreilles que nos frères d'en bas n'ont pas le moyen, etc.

L'inégalité le jour; soit.

L'égalité le soir : tout le monde en habit noir et en cravate blanche.

Et nous serions fiers de répondre à un membre du *Traveller's-Club*, qui nous demanderait, en désignant à l'amphithéâtre un spectateur d'une tenue charmante :

— Quel est donc ce fils de famille ?

— C'est un surnuméraire de la Compagnie barométrique.

LES LOCATAIRES DE LA RUE DU 18 MARS

(La scène est à Belleville, par une chaude matinée d'août).

SCÈNE PREMIÈRE

LE REZ-DE-CHAUSSÉE DU N° 23

Pourquoi qu'y nous a convoqués, ce singe-là ?

LE 1er ÉTAGE, *d'un ton conciliant*

Peut-être pour s'excuser...

LE REZ-DE-CHAUSSÉE DU N° 23

D'avoir pendant quatre ans pris notre pauvre argent... en voilà un qui a bu la sueur du peuple.

LE PEINTRE D'EN FACE

Des chopes toutes pleines...

LE 1er ÉTAGE DU N° 25

Mais le peuple est grand et généreux...

LE PEINTRE D'EN FACE

Il est admirable !

LE 1ᵉʳ ÉTAGE DU Nº 25

Du moment qu'on lui demande excuse, il dit comme Henri IV...

UN TRAVAILLEUR NOCTURNE

A bas Henri IV !

CRIS DANS LA FOULE

Au Pont-Neuf ! au Pont-Neuf !

LE 1ᵉʳ ÉTAGE DU Nº 25, *avec majesté*

C'était un roi rigolo... Laissez-moi finir ; il dit : Relève-toi, citoyen, on croirait que je te pardonne.

CRIS DANS LA FOULE

Bravo ! Bravo ! la parole est à l'orateur.

LE 1ᵉʳ ÉTAGE DU Nº 25

Si donc le citoyen Vauvinel *(grognements)* vient nous faire restitution de nos loyers, on pourra aviser.

LE REZ-DE-CHAUSSÉE DU Nº 23

C'est l'indulgence qui a toujours perdu la démocratie.

LE TRAVAILLEUR NOCTURNE

A l'ouvrage ! à l'ouvrage !

LE PEINTRE D'EN FACE

Vous ne savez donc pas abdiquer ?

SCÉNE II

LE PROPRIÉTAIRE. *(Il est en blouse et en casquette.)*

Citoyens !...

UN TAILLEUR POLONAIS

Appelez-nous : messieurs...

UN TRAVAILLEUR DIURNE

Ah ! tu crois que parce que tu as mis une blouse et une casquette, les insignes du peuple...

LE PEINTRE

Qui est admirable.

LE TRAVAILLEUR DIURNE

Cela t'empêchera d'être reconnu pour un aristocrate...

LE PROPRIÉTAIRE

Messieurs...

LE TRAVAILLEUR NOCTURNE

Appelle-nous : citoyens !

LE PROPRIÉTAIRE

Je ne vois qu'un moyen..., aller aux voix... Que ceux qui veulent que je les appelle messieurs lèvent la main, que ceux qui désirent être nommés citoyens lèvent la main...

LE CORDONNIER DU COIN

L'épreuve est douteuse...

LE PROPRIÉTAIRE

Je puis tout concilier : messieurs les citoyens !

VOIX DIVERSES

Bravo ! bravo !

LE PROPRIÉTAIRE

Je ne suis pas riche...

LE TRAVAILLEUR DIURNE

Tais-toi donc, tu as quinze maisons sur le pavé de Paris.

LE PROPRIÉTAIRE

J'y suis aussi... sur le pavé ; des maisons qui ne rapportent rien.

LE TAILLEUR POLONAIS

Douteriez-vous de la pureté du peuple...

LE PEINTRE

Qui est admirable.

LE PROPRIÉTAIRE

J'en doute si peu que je viens faire appel à vos consciences...

VOIX PARTANT DE LA CAVE

Parlez ! parlez !

LE PROPRIÉTAIRE

Vous me devez onze termes...

CRI UNANIME

C'est la faute des Prussiens.

LE PROPRIÉTAIRE

Pardon ! en 1869...

LE TAILLEUR POLONAIS

Bismark nous empêchait déjà de travailler... j'ai trois clients qui m'ont dit : Nous voyons la guerre, nous userons nos vieux pantalons.

LE TRAVAILLEUR NOCTURNE

Toutes les familles quittaient déjà Paris : je travaillais alors dans le quartier habité par les Américains... il n'y avait plus personne depuis six mois... le concierge me disait : « Ce n'est pas la peine, allez. »

LE PROPRIÉTAIRE

Je comprends la valeur de cet argument, aussi, quoique fort mal à mon aise moi-même...

LE TRAVAILLEUR DIURNE

Voulez-vous un verre de quelque chose !

LE PROPRIÉTAIRE

Je me borne à vous demander un demi-terme sur les onze.

LE CHOEUR

C'est une horreur ! Nous avons dix-huit cents ans d'oppression sur la tête, nous ne voulons plus être exploités... on nous pressure... aux armes ! aux armes !

LE PEINTRE

Il n'y en a plus !

LE CHOEUR

Au Pont-Neuf ! au Pont-Neuf !

LE PROPRIÉTAIRE

L'amant de Gabrielle...

LE TAILLEUR POLONAIS

Il lui a mangé tout son argent...

LE PROPRIÉTAIRE *continuant*

Il n'est pour rien dans cette réclamation... je retire ma proposition.

VOIX DIVERSES

Ah ! Ah ! Enfin !

LE PROPRIÉTAIRE *continuant*

Tout ce que je vous demande, c'est de me rendre mes appartements...

LE TRAVAILLEUR DIURNE

Merci, maintenant que nous sommes honorablement connus dans le *quertier*, il faudra filer quand on a augmenté la valeur des immeubles ; c'est vous qui nous redevez.

LE PROPRIÉTAIRE *effrayé*

Combien ?

LE TRAVAILLEUR DIURNE

Deux années de loyer pour nous remettre de tout ce que la réaction nous a fait perdre.

LE PROPRIÉTAIRE

Eh bien ! je prends un grand parti... vous passerez demain chez un notaire.

LE TRAVAILLEUR NOCTURNE

Des notaires ! il n'en faut plus.

LE PROPRIÉTAIRE

Il vous soldera.

LE TRAVAILLEUR DIURNE

Vauvinel, tu es un brave... tu as le droit de nous offrir une tournée.

LE TRAVAILLEUR NOCTURNE *au marchand de verdure*

T'as demandé deux années de loyer, c'est pas assez.

LE TRAVAILLEUR DIURNE, *d'un ton mystérieux*

Tais-toi donc, d'ici à deux ans, nous serons tous égaux. Nous aurons le communisme ; ces baraques-là seront à nous... attends le réveil du peuple...

LE PEINTRE

Qui est admirable !

LES TACHES DU SOLEIL

I

C'en est fait : le temps lui-même devient un *irré-conciliable*. Malgré la pression administrative, le thermomètre ne parvient pas à remonter; une bise aigre, une *Glais-Bize*, si j'ose m'exprimer ainsi, a remplacé ces réactionnaires de zéphyres, et la nature paraît décidée à ne plus tolérer le gouvernement personnel du soleil.

Qu'aux régions qui ne connaissent que le despotisme, ce Louis XIV des astres dise dans un azur imperturbable et sans être contredit par un seul cirrhus : *le Ciel, c'est moi !* cela se comprend encore; la satrapie d'en haut répond à la satrapie d'en bas.

Mais la France nouvelle, qui se soucie beaucoup plus des droits de l'homme que des droits de Dieu, entend discuter rayon à rayon Sa Majesté Apollon, que jadis on n'osait pas regarder fixément; elle veut qu'il réforme son train; briller cinquante minutes

par jour doit lui suffire ; le reste appartient à la
pluie, aux nuages, aux éclipses. En attendant l'ère
bénie où l'on ne s'éclairera plus qu'aux flambeaux,
l'opposition astronomique vient de faire ce qui, sous
l'ancien régime, eût été regardé comme un sacrilége ;
elle a compté les taches du soleil. Son étoffe de
flamme en est criblée : on ne découvre sur sa surface
que des espaces noirs bordés d'ourlets gris ; en vérité,
je vous le dis, mes frères en Renan, justice sera
bientôt rendue à l'usurpateur du firmament, et
l'heure est proche où l'on restituera au soleil son
vrai titre : *le roi des ténèbres.*

Sachez-le bien, rien que l'étymologie de son nom
froisse déjà l'amour-propre national ; soleil ne vient-il
pas de *solus ?* Prétendre être unique à une époque
d'égalité où les vers luisants sont autant que les pla-
nètes, c'est un attentat à la souveraineté du peuple ;
et puis nous ne voulons plus d'étoiles fixes, nous
n'admettons plus que des étoiles provisoires : une
constellation Garnier-Pagès tout au plus.

II

Je reconnais humblement quant à moi l'infimité
du soleil ; j'avoue qu'il est difficile de verser moins
de chaleur et de présenter plus d'obscurité, mais je
demande à présenter quelques circonstances atténuantes en faveur de ce flambeau du monde devenu
éteignoir.

Ne serait-ce pas à force de se mirer par état dans

ce grand fleuve de l'humanité, que le soleil se serait un peu sali ? Ces taches qu'on lui reproche lui appartiennent-elles bien réellement, et ne sont-ce pas tout simplement les nôtres qu'il a gagnées en les reflétant ?

D'abord, la *tache originelle,* qui ne fait que s'agrandir en dépit des docteurs qui ont démoli la Bible, cette Bastille des religions : nous avons des bibliothèques de *Traités de morale* et des arsenaux de *Leçons au pouvoir,* et pourtant je crains que nous ne valions un peu moins que les Amalécites; l'homme n'a fait qu'empirer depuis la déchéance dont il se trouva frappé au sortir du Paradis terrestre, ce premier exil (car nous sommes tous des proscrits), la statistique criminelle est là pour dire si les commandements du diable sont ponctuellement exécutés. On pourrait presque supputer chaque semaine à l'article naissances : 3 parricides, *4 faiseuses d'anges,* 11 comptables *caissifuges.* Si vous ajoutez à ces causes d'hérédité du mal, que les philosophes modernes ont la *quadrumanie* de nous faire descendre du singe, vous devez penser que la benzine de l'Olympe lui-même serait impuissante à enlever cette souillure rendue plus profonde.

Ensuite *la tache de sang :* des républiques qui s'assassinent au nom de la fraternité, des nationalités qu'on viole au nom de l'unité, des blancs qu'on fusille sous prétexte d'affranchir les noirs, des révolutions qui criblent un pays de coups de poignard, et qui vous condamnent au babil de ruisseaux tout rouges.

La tache d'encre : des collections de blasphèmes, des injures tirées à cent mille exemplaires, des évangiles de haine qui se distribuent sous le manteau, des graves pamphlets où l'on insinue que Henri IV fut un crétin et Chaumette un génie supérieur, des circulaires électorales où l'on promet la *bourgeoisie au pot,* le dimanche.

Et l'on voudrait que le soleil ne souffrît pas de ces perpétuelles éclaboussures et qu'il ne se voilât pas la face ! Mais je m'étonne, quand nous lui expédions tant de noircissements, qu'il trouve encore moyen de nous rendre un peu d'éclat.

Les taches du soleil, c'est nous qui les avons faites.

LES TROIS FLÉAUX

I

LA BIÈRE

Si l'on savait, disait la grande-duchesse de Mikro-
bourg, dans les *Horreurs de la guerre, si l'on savait
ce que la bière peut nous enlever d'affections !*

Ce mot, d'une philosophie aussi profonde que
risquée, me revient douloureusement à l'esprit,
quand je vois dans cette noble France, la patrie du
Clos-Vougeot et du Branne-Mouton, grandir le *césarisme* des brasseurs.

A l'heure qu'il est, sur toute la ligne des boulevards, il n'y a plus de verres, on n'aperçoit plus
que des *chopes* où coule des tonneaux placés sur le
comptoir, où coule sans trêve un liquide d'un blond
fade et pâle, comme la chevelure des émigrants de
la Bismarquetterie.

La bière, cette lymphe des végétaux, tend à sup-
planter le vin, ce sang de la nature !

Ç'a été la première invasion de la vieille Gaule par

le liquide allemand. Tout, à un moment, tournait au Germanisme : la musique, la philosophie et la table. On parlait très-sérieusement de manger du blaireau aux mirabelles; un compositeur, qui avait le malheur d'être né en deça du Rhin, était sûr de mourir inédit. Descartes était regardé comme un penseur à l'eau de rose; on n'accordait de crédit qu'à des ouvrages en six volumes, traduits du bavarois, et destinés à démontrer que Ponce-Pilate n'avait même pas besoin de se laver les mains du meurtre de Jésus-Christ.

Quelques Belges de distinction, des Anglais fanatiques, nourrissent encore une tendresse secrète pour les crus de la Gironde et de la Côte-d'Or; mais le Français qui se respecte ne demande plus qu'au houblon ce que ses pères demandaient à la vigne.

Horreur! on vient de dîner copieusement, le palais garde encore le parfum du café et de la liqueur, et, immédiatement après qu'on a ôté la nappe, ces convives, qui auraient coupé la soif à Brillat-Savarin, se versent des rasades de ce breuvage froid et triste, qui finira par noyer la gaieté de nos fils.

On s'extasie sur le renchérissement des denrées; il est avéré que les huîtres coûtent presque le prix des perles. Mais puisque la vie matérielle devient si dispendieuse, qui empêcherait de rejeter sur l'ensemble des dépenses quotidiennes cet exorbitant impôt de la chope, dont les gémisseurs se frappent eux-mêmes?

Un homme, d'un contenant des plus médiocres, absorde en moyenne, par journée, quinze litres de

cette macération doucereuse et saumâtre qu'on préfère maintenant au rubis du Chambertin, ou à la
topaze du Sauterne ? C'est tout près — avec le pourboire des servants — de huit francs dépensés à la
bien petite gloire de l'estomac.

Cette humble gourmandise revient donc au bout
de l'année à environ mille écus.

Ne valait-il pas mieux être plus confortablement
logé, moins se priver de voitures et ne pas imposer
à ses gants un nettoyage à outrance ? Mille écus ! de
quoi visiter Rome, Venise et Florence ! Mille écus !
l'indépendance et le loisir.

Je ne parle pas des bonnes actions que représente
cet intérêt d'un capital de soixante mille francs. —
Enlever quelque chose au plus insipide des plaisirs,
pour le donner au plus exquis des devoirs, serait,
dans notre belle société, qui fait de Dieu le premier
des exilés — une idée insupportable.

Je ne veux considérer ici que le point de vue
égoïste ; et je signale aux épicuriens toutes les jouis-
sances dont ils se sèvrent avec une si machinale indifférence.

Sermon dans le désert ! Un temps viendra où le
raisin ne se consommera plus qu'en grappe, et où
l'on dira par manière d'oraison funèbre d'un habitué
de café Suisse qui meurt infiltré de tisane amère :

— C'était un grand buveur !

O Rabelais ! il y aurait de quoi te donner la chlo-
rose.

16

II

LA PLUIE

La bière, c'est la pluie interne, et les brasseries devraient toutes avoir pour enseigne : *A Saint-Médard-du-gosier*.

La pluie, c'est la bière des nuages ; il semble que la terre, imitant les consommateurs qui *renouvellent*, disent seize ou dix-sept fois par jour : « Seigneur, encore une averse ! »

Rouen avait jadis la spécialité de ces inondations atmosphériques ; mais l'extrême centralisation a fait de Paris la capitale de toutes les intempéries.

On nous a objecté, pour nous consoler, que nous nous trouvons compris dans la région océanique, et qu'en conséquence, sortir sans parapluie était une aussi haute imprudence au boulevard Malesherbes qu'à Saint-Malo.

Mais, puisque nous étions condamnés géographiquement à vivre de l'existence aquatique ; puisque le déluge est la loi de notre résidence, je demande au Progrès, qui est trop souvent en congé, pourquoi il n'a pas multiplié sur tous les points les plus menacés ces arches de Noé qu'on appelle : *des passages ?*

Le mot et la chose ne sont plus à la mode, d'accord ; les *Panoramas* sont aussi vieux que le *Dîner du Caveau.*

Dieu me préserve de contrarier cette fois les gens avancés, mais je les prends à témoin eux-mêmes, quels services rendent encore aux malheureux que leurs prodigalités de bière empêchent d'avoir voiture, ces bons vieux corridors vitrés qui vous permettent, sur votre itinéraire, d'avoir, au moins pendant quelques minutes, les droits modestes des amphibies !

Les boutiquiers se plaignaient d'étouffer ; il serait si simple de construire avec des toits mobiles, au-dessus de l'allée de parcours, des magasins ayant deux devantures, l'une sur la rue ouverte, l'autre sur la rue fermée. Le commerce, qui est né tué, — comme Voltaire, — n'en irait pas plus mal. Songez, ô mortels de peu de foi, que les brasseries célestes confectionnent trois cent soixante-quatre jours sur le reste de l'année plus de quatre-vingts milliards de *half and half,* — pluie fine et grosse pluie.

Ne serait-il pas sage d'enfermer dans une certaine quantité de galeries Saint-Hubert une paire de tous les Parisiens qui ne gardent point le coin du feu.

La rage est aux *grandes artères...* mais, en attendant, Paris s'enrhume et s'inonde ; j'attends que l'édilité dise à la grande ville : *Couvrez-vous donc !*

III

LE GAZ

Qui nous débarrassera à l'intérieur de cette lumière cruelle et cuisante faite pour l'usage externe : le gaz, *cette absinthe de l'œil,* comme l'appelait un jour un spécialiste.

Grâce à cet éclairage incendiaire, ni le théâtre, ni le restaurant, ni le magasin ne sont plus possibles. La congestion cérébrale est en permanence; les poumons ne fonctionnent plus; le moindre danger de ce feu de Damoclès suspendu sur nos têtes, est la calvitie prématurée.

Entrez le soir, vers dix heures, dans la plus élégante des boutiques de pâtisserie; vous verrez la patronne et ses demoiselles dormant d'un sommeil de plomb, et vous aurez beaucoup de peine à les réveiller.

C'est le gaz qui produit cette déplorable léthargie.

Contemplez les clients du boulevard qui dînent sous cet équateur artificiel; à peine touchent-ils à leur majorité, et déjà leur occiput dégarni brille comme une boule d'ivoire poli : ces langues de feu qui dévorent l'espace ont desséché leur cuir chevelu, en attendant que leur cerveau se tanne dans cette fournaise ridicule.

Le sang monte aux tempes; on est pourpre dès le potage; alors autant franchement se mettre la tête à l'eau, comme on prend un bain de pieds.

Le gaz, c'est le sinapisme de la lumière, et on a quelquefois le crèvecœur de l'entendre chanter au milieu des destructions qu'il accomplit.

Depuis l'acclimatation de ce fléau, les ophthalmies, suivant les oculistes, se sont accrues dans la proportion de cinquante pour cent.

O roi Progrès! votre majesté est bien souvent mal culottée; permettez-moi, si ce n'est pas une irrévérence trop forte, de préférer à vos océans d'eau jaunâtre, à vos irrigations de l'espace et à vos torrides éblouissements, un simple verre de vin bu à la lueur d'une bougie, dans un endroit clos et couvert, où il fait beau en tout temps.

———

16.

LE CARNAVAL MARITIME

On feint toujours d'être épouvanté, pour les dames qui vont se retremper dans l'Océan, du voisinage des hommes; on dirait que nous allons tout surprendre et qu'au sortir d'un bain pris, si près du vilain sexe, les pauvres femmes devront murmurer : « Nous n'avons plus rien à cacher. »

C'est là un antique préjugé que nous serions heureux et fiers de saper par la base.

Grévin aura beau vouloir nous en imposer avec ses séduisants croquis, des trompe-l'œil dédiés aux idéalistes endurcis, je ne connais rien de plus affreux qu'une jolie femme en costume de bain.

Ce bonnet de toile cirée qui lui emprisonne la tête lui donne d'abord l'air d'une marchande de poisson; ce large pantalon et ce sarreau de flanelle noire qui l'enveloppent, une fois mouillés, se gonflent hideusement et dénaturent les formes les plus pures; on ne voit même pas les pieds qui sont enfoncés dans des sandales recouvertes, espèces de sabots maritimes qui ne permettraient même pas à Cendrillon de se faire valoir. L'eau ruisselle le long des tempes, le

visage est bleui, le nez est rouge, les lèvres décolo-
rées, les mains violacées; on éprouve à l'aspect de
ce monstre, qui tout à l'heure peut-être sera la reine
du bal, bien plus une sensation de frisson qu'une
sensation d'incandescence.

Mais Vénus elle-même, dans cet accoutrement
baroque, risquerait de devenir un remède d'amour.
Oh ! je comprends maintenant pourquoi l'on établit
des séparations, si cruelles en apparence, entre les
cabines pour *ladies* et les cabines pour *gentlemen*.

Cette épreuve injuste déferait quinze romans sur
seize et empêcherait les sept huitièmes des mariages.

Je me hâte de dire que le costume de bain pour
les femmes est une calomnie.

Le soir, on les retrouve au bal, gracieuses, sveltes,
avec des teints de rose de Bengale et toutes pleines
de séductions dans l'emploi de coquettes ou d'ingé-
nuités.

Et ce qui me semble bizarre, c'est que les femmes
les plus collet-montés n'hésitent pas à montrer sur
terre ce qu'elles entendent sur mer dérober à tous
les yeux.

Jamais une femme ne se décolletera autant au
sein des lames les moins transparentes qu'au beau
milieu d'un bal éclairé par dix-huit cents bougies.

Etrange anomalie! comme dirait M. Prudhomme
déjà nommé.

Je propose aux dames françaises un procédé d'in-
cognito plus efficace encore que le costume de bain
légendaire.

Pourquoi n'iraient-elles pas à la vague en domino comme elles vont à l'Opéra !

Nous nous avancerions intrigués, et nous leur dirions en nageant : « Beau masque, je te connais ! »

Le loup de toile cirée protégerait leur tendre épiderme ; elles emporteraient avec elles le secret de leur présence ; des belles-mères furieuses ne vous reprocheraient pas de faire la coupe dans les eaux de leurs filles ; des maris jaloux n'auraient pas l'air de dire : « Vous plongez sous ma femme ! »

Dans tous les cas, les beautés parisiennes et provinciales ne seraient pas déshonorées par cet état de chrysalide informe que constitue la toilette de bain actuelle.

Il y a peut-être là une idée à faire mûrir pour l'année prochaine ; le carnaval maritime, ce serait un rajeunissement du carnaval terrestre.

En persistant dans l'inélégance finale, les femmes excuseraient cet épouvantable quatrain, inspiré évidemment par leur costume de bain, à un versificateur de la localité :

> Julie était son nom, mignonne était sa taille,
> De la Vénus antique elle avait les appas.
> Pour son cœur, pour sa main, j'aurais livré bataille,
> Et passé dans son sein, comme un second Jonas.

C'est bien fait, mesdames, on vous compare à une baleine ; il ne reste plus qu'à vous lancer le harpon !